金蘭之契
～皇子と王子に愛されて～

Yoneka Yashiro
矢城米花

CHARADE BUNKO

Illustration

天野ちぎり

CONTENTS

1

（火韻《かいん》様、今日は何もしでかしていらっしゃらないだろうか……？）

尚学堂の外の回廊で、従者の陶琉思《とうりゅうし》は次々と湧《わ》き出てくる心配を押し殺し、主《あるじ》が出てくるのを待っていた。

琉思の主、李《り》火韻王子は今、他の王侯貴族の子弟とともに、尚学堂の中で講義を受けている。他の従者たちは気楽な表情で、互いの主人の愚痴を言い合ったり、飲みに行く相談をしたりしているが、琉思は到底そんな気分になれない。

火韻王子が腕白すぎるのだ。

（前はご学友と言い争った挙げ句、頭から墨をかけたし、その前は硯《すずり》を叩《たた》き割った。その前は……萎縮《いしゅく》してしまうよりいいのかもしれないけれど、今は帝国に人質として送られてきている身なのだから、もう少し控えめに振る舞っていただきたいな……）

堯《ぎょう》帝国は、大陸のほぼ半分を支配する、強大な国である。

北方の強国、孟《もう》が、かろうじて対等の国交を行っているだけで、他の小国はすべて堯に産物を貢ぎ、人質を送って国の体裁を守るだけの、属国と化していた。

南方の呂《りょ》も、そのような国の一つだ。季節ごとに特産品の干し魚や海藻、塩などを貢納し、人質を帝国の首都、華連《かれん》に住まわせて、恭順を誓っていた。

火韻は呂の第二王子だ。少し前までは王の母が人質になっていたが、重い病にかかり故国を懐かしがったため、火韻王子と交替した。名目上は留学となっているため、毎日、詩文や歴史、天文などの講義を受けている。

(今日は、ちゃんと学んでいてくださるだろうか。心配だ。火韻様は勉学がお嫌いだから)

十八歳になったばかりの火韻王子はまっすぐで明朗な気性だが、いかんせん、野山や海を駆け回っていた野性味が抜けない。剣や弓の修練は喜んで受けるが、学問はいやいやながらという様子を隠そうともしない。課題は忘れる、時には講義そのものを忘れる、出てもよそ見や居眠りは当たり前なので、教師受けは大変悪かった。

どれほど時間がたったか。扉が開いて、王侯貴族の子弟たちが出てきた。しかしその中に火韻王子の姿は見当たらない。

奥へと目を凝らす琉思に、王子の一人が声をかけてきた。

「おい、琉思。火韻ならまた居残りだ。講義中にいびきをかいて寝ていたぞ。しかも叱《しか》られたら、寝ぼけて先生を投げ飛ばした」

いかにも火韻王子のやりそうなことだと、琉思は肩を落とした。教えてくれた王子は、西方の小国から送られてきたと聞いているが、人質生活も三年目に入るせいか、もともとの性格か、振る舞いが落ち着いている。

「お前も大変だな。火韻も少しは立場をわきまえて、勉学に励めばいいのに。……まあ、もう少し待っていてやれ」

火韻も三年たてば、あんなふうに落ち着いてくれるだろうか。

（……無理だな。騒ぎを起こさない火韻様など、想像もつかない）

そう考えて、苦笑した。

皆が立ち去り、残っているのは琉思一人になった。耳を澄ますと、尚学堂の中から怒鳴り声が聞こえてくる。火韻王子がみっちり叱られているらしい。これではなかなか出てこられないだろう。

魚が跳ねる水音に誘われて、琉思は庭へ下りた。

大きな池には色とりどりの鯉《こい》が泳いでいた。人の影が差すと、餌《えさ》をもらえると勘違いしたらしく近くに集まってくる。水音は、故国の海の波音を思い起こさせた。

（妙なものだ。いい思い出などないのに、遠く離れると懐かしくなるなんて……）

琉思にとっては、家族も、呂の王宮も、心がささくれる場所でしかなかった。

救いは火韻の存在だけだった。だからこそ火韻王子が帝国への人質に出されると決まった時、真っ先に同行を志願したのだ。

火韻は、家族と離れて人質に出されようが、知らない国で勉学や礼儀作法を仕込まれる窮屈な暮らしを強いられようが、一切苦にする様子はない。常に元気で活発な主は、暗い性格の自分にとっては、心の慰めであり、支えだった。ありがたく大事に思うと同時に、守らねばならないという意識も強い。

（火韻様はまっすぐで純粋なお方だ。それだけに、裏を読んだり駆け引きをしたりはお得意でない。従者の私が周囲の状況をよく見て、判断を誤らないようにしなければ……）

そんなことを考えていた時だった。

「……おい、お前！」

誰かが誰かを呼んでいる。力強く張りのある声だが、自分は知らない。

「そこの、池のところにいるお前だ！　こっちを向け！」

そう言われて初めて、呼ばれているのは自分だと気がついた。慌てて声の方を振り仰ぐと、目つきの鋭い長身の青年が、回廊の手すりにもたれてこちらを見下ろしていた。

（誰……どなただろう？）

帝国の都に来て以来、身分の高い人々を目にする機会は多い。ある程度は顔も覚えたし、知らない相手であっても、衣服や冠で相手の身分を推し量るすべも覚えた。この青年は黒地の錦に金銀をあしらった華やかな上着をまとい、七宝を柄に象眼した剣を帯びている。しかも、人に命令することに慣れた気配を全身から漂わせ、言葉は乱暴なのに立ち姿に気品がある。富裕かつ高貴な身分に違いない。

青年は琉思を眺めて、にやりと笑った。

「ふむ。後ろ姿で想像した以上だな。見慣れぬ服装だが、よく似合う。ちょっと軍を率いて出陣している間にこんな美形が来ているから、都は油断ならない」

出陣という言葉で気がついた。

(皇太子の、藍堂《らんどう》様……⁉)

翡翠《ひすい》の帯飾りには、龍《りゅう》と鳳凰《ほうおう》が象《かたど》られている。皇太子に間違いない。琉思は急いでひざまずき、頭《こうべ》を垂れた。しかし、

「誰がひざまずけと言った。立って顔をよく見せろ」

階段を下りてきた皇太子が、大股《おおまた》に庭を突っ切って池のそばまで来た。立ち上がった琉思の顎《あご》をつかみ、仰向《あおむ》かせる。傍若無人な振る舞いではあるが、相手が皇太子では、おとなしくされるがままになっているしかない。

「近くで見ても美形だ。女のように、紅白粉や眉墨《まゆずみ》でごまかしているわけでもない。……どこの誰だ？　年はいくつになる」

「呂国の、陶琉思と申します。……今年、二十三になりました」

言葉がなめらかに出なかったのは、皇太子の瞳《ひとみ》が放射する、凄《すさ》まじい威圧感のせいだ。武勇に優れた逞《たくま》しい美丈夫で、千軍万馬を指揮して戦に勝ち続けている名将と聞いたが、その

噂《うわさ》は誇張ではないと感じた。正対していると、緊張で舌の根がこわばる。

「呂？　知らんな。どこの国だ」

「南方にある、海のそばの小国です。第二王子が堯帝国に今、留学に参っておりまして、私はその従者です」

「なるほどな。人質の付き添いというわけか」

皇太子が笑った。

「なぜこんなところにいる？」

「そこの尚学堂で、王子が詩文の講義を受けております。講義の間、従者は中に入れませんので……」

「ここで主が出てくるのを待っているわけか」

皇太子が琉思の顎から手を離し、一歩下がった。琉思を眺め回す。

「南方の出身とは思えない、色白の肌だな。顔ばかりか、姿も美しい」

褒められているのだろうが、皇太子の口調が、人間を褒めるというよりは、骨董品《こっとうひん》か何かを値踏みしているように聞こえ、琉思は返事ができなかった。

別に返事を待ってなどいなかったらしい。皇太子は一人で頷《うなず》いた。

「うむ、気に入った。近頃、女には食傷気味だ。俺の離宮に来い。男を側室にはできないが、小姓にして可愛《かわい》がってやる」

琉思は皇太子について聞いた、もう一つの噂を思い出した。曰《いわ》く、『戦巧者な皇太子の欠点は、手が早いことと、見境がないこと』とか——。

琉思はもう一度地面に膝《ひざ》をつき、額が土に触れるまで頭を下げた。

「光栄極まりないお言葉ではございますが、私は呂の王子に仕える身。小国ゆえに、大勢の従者をつけることができず、王子の身のまわりを世話する者は、私一人しかおりません。どうかお許しを願います」

「そんなことか。お前の代わりに、心利いた従者を五人でも十人でもくれてやろう」

「いえ！　王子はまだ年若く、辺境の小国からこれほど華やいだ都へと参って、心落ち着かぬことばかりの様子。幼い頃より仕えて参った私が、そばを離れることはできません。それに、卑《いや》しい田舎者《いなかもの》の私ごときが、皇太子殿下にお仕えするなど、考えただけで身がすくみます。どうぞお慈悲をもって……」

「くだらんことをぐずぐず言うな。この俺が、来いと言っているんだ」

皇太子が琉思の腕をつかんで引き起こす。六尺豊かな体軀《たいく》にふさわしく、力が強い。そのままどこかへ引きずっていこうとする皇太子に、琉思は懸命に抗《あらが》った。その時、

「琉思に、触るなっ！」

怒りに燃える声とともに、風を切って何かが飛んできた。

（いけない‼）

反射的に、琉思は皇太子の前に飛び出した。肩口に衝撃が走った。地面に落ちたのは、赤子の拳《こぶし》大の石ころだ。痛みのあまり立っていられず、肩を押さえて膝をつく。

「わっ……り、琉思⁉　何してんだよ！」

うろたえ声で言いながら、小柄な人影がこちらへ走ってきた。

顔を上げてその姿を見つめ、琉思は懸命に考えをめぐらせた。火韻王子のまっすぐな気性は、時として厄介な事態を引き起こす。

（火韻様、気づいてください！　相手は皇太子です、怒らせてはならない相手です。石を投げるなど、絶対にしてはならないことでしたのに……‼）

標的が自分だったことにするしかない。痛みをこらえて立ち上がり、琉思は叫んだ。

「火韻様！　私へのお戯れとは申せ、石を投げるとは何事ですか！　他の人に当たったらどうなさいます、ここにおいでになるのは堯帝国の皇太子殿下なのですよ‼」

背後で皇太子が、「なるほど、こいつが主か」と呟《つぶや》くのが聞こえた。

一方、火韻はどなりつけられるとは思いもしなかったのか、唖然《あぜん》とした顔で目をみはっている。こんな表情をすると、十八という年より二つ三つは幼く見えた。

悪童めいた外見のせいもあるだろう。南国生まれの火韻の肌はもともと浅黒い。それなのに日焼けを一切気にせず、毎日野山を駆け回り、海で泳いでいたため、肌はますます黒くなり、髪は潮風と日光で色が抜け、金褐色に変わってしまった。堯帝国へ来て三月《みつき》もたつのに、肌と髪の色はそのままだ。

そしてきかん気な気性も、子供の頃から変わらない。急いで駆け寄った琉思に向かって、怒った口調で反論してくる。

「何を言ってるんだ、お前に向かって石を投げたりするもんか！　オレが狙《ねら》ったのは、お前にちょっかいをかける、そこの変態……」

「火韻様！」

状況を悟ってくれと全力で願いつつ、琉思は火韻の言葉を遮った。本当なら肩をつかんで揺さぶりたいところだ。声をひそめて訴えた。

「お願いします、お怒りを抑えてください。相手は皇太子殿下なのです。こちらにどんな理由があろうと通じません。もし皇太子の機嫌を損なえば、どのような報復があるか……」

「そんなの、オレは平気だ！」

大声でわめく火韻に、琉思はさらにひそめた声で答えた。

「報復が私や火韻様に向かうとは限りません。呂の国に対して、貢ぎ物を増やせという命令が下ったなら、いかがなされますか」

「……」

さすがに、故国にとばっちりが行くのは困ると思い至ってくれたらしい。不満げな表情ではあったが、火韻は黙った。安堵《あんど》して琉思は囁《ささや》いた。

「お腹立ちでしょうが、頭を下げてください。お願いです、どうか何も仰《おつしや》らず、私のする通りにしていただけますか」

火韻は口を尖《とが》らせ、瞳を逸《そ》らした。不満は残っているようだが、眉が八の字に下がっている。自分が我を張り続ければ、琉思を困らせると理解してくれたらしい。なんであれ今は、沈黙していてくれればそれでいい。

次はどうやって皇太子を怒らせずにこの場をおさめるかだ。火韻が従者の自分に向かって石を投げたなどという、嘘《うそ》くさい言い訳を受け入れてもらえるだろうか。

藍堂に向き直って、琉思はひざまずいた。斜め後ろで、火韻も琉思に倣って、膝をついた。

「どうかお許しください。王子も私同様、帝国へ来て日が浅く、皇太子殿下とは気づかなかったのでございます。呂の国では、主君が従者に石を投げるなどの罰はよくあることです。危うく殿下を巻き添えにしてしまうところでしたが、どうぞお許しを」

石投げの罰が当たり前などは大嘘だが、とにかく火韻を守らねばならない。

「巻き添え？　俺には、お前ではなく俺が標的だったように見えたが」

「いえ、私です。尚学堂の前で待つという従者の役目を忘れ、池の魚に故郷の海を思い出して、ふらふらと庭に下りてしまいました。王子はそれを咎《とが》められたのです。皇太子殿下がおいでの場所で、誠に申し訳ございません。どうかお許しを」

頭を地にすりつけ、許しを請うしかない。藍堂の低い笑い声が聞こえた。

「忠義な家臣を持って、火韻王子は幸せ者だな。まあいい、此度《こたび》の無礼は許す」

琉思は安堵の息をついた。しかし藍堂の言葉にはまだ続きがあった。

「気に入ったぞ。また会おう、琉思」

「……っ……」

どういう意味なのか。しかし顔を上げて問い返すのは怖い。うかつに尋ねてまた、『自分の従者になれ』と言われては困る。きっと火韻が暴れ出す。琉思は動かなかった。

藍堂が身をひるがえす気配があった。

足音が完全に聞こえなくなってから、琉思は体を起こした。それと同時に、火韻も跳ね起きた。

「なんだよ、琉思！　なんであんな偉そうな奴の言いなりに……‼」

琉思は身をかがめ、火韻の膝についた土を払いつつ、なだめる言葉を口にした。

「申し上げたでしょう？　先ほどの方は、この国の皇太子です。偉そうではなく、偉いのですよ」

「偉くても、気に入らない。あいつ、お前をつかまえて、どこかへ連れていこうとしてた。ヤらしい目的に決まってるじゃないか」

「いえ、あれはただ、ちょっとお話をするだけの……」

ごまかそうと思ったが、火韻は引き下がらない。

「話をするだけって言ったかもしれないけど、信じるなよ、そんなこと。あいつはヤらしいことをしようと思ってた。目を見ればわかる、クソ馬鹿野郎の高宝《こうほう》と同じ目つき……」

「火韻様っ！」

琉思は強い声で遮った。びくっとしたように火韻が口をつぐむ。

「兄君のことをそのように仰《おお》せられるとは、何事ですか！」

「で、でもあいつ、お前を……」

「あの時、火韻様に助けていただいたことに、どれほど私が感謝しているか……言葉では言い表せぬほどです。しかし火韻様。兄君をそのように悪し様に仰ることは、なりません。それにあの時のことは決して口外しないという、父君とのお約束でございましょう？」

「してないよ。オレ、高宝のクソ馬鹿野郎って言っただけじゃん」

拗《す》ねた口調で言う火韻に、琉思は声音を穏やかなものに改めて諭した。

「兄君をそのように仰っては、火韻様の品格が傷つきます。そしてこの帝国では、火韻様は呂の国を背負っておいでなのですから、誰彼構わず石を投げるようなことを、なさってはいけません。もう十八歳、妻を娶《めと》ってもおかしくないお年なのですから」

「要《い》らないよ。女はすぐ泣くから鬱陶《うっとう》しい。毛虫をくっつければピーピー騒ぐし、髪を引っ張れば告げ口するし、面倒くさいんだ」

「それはおいくつの時の印象ですか……」

どうにも子供っぽい主が、琉思としては心配でならない。

それ以上に気がかりなのは、藍堂が立ち去り際に言い残した『また会おう』という言葉だった。

（単なる挨拶《あいさつ》というか、その場だけのお戯れならいいのだけれど……）


皇太子には、その場の戯れで終わらせるつもりはなかったらしい。

翌々日、火韻と琉思に、帝国風の美しい衣装が届けられた。使者は、「故国は懐かしかろうが、帝国風の衣服も持っていた方が何かと便利なはずだと、皇太子が仰せです」と述べた。皇太子と、人質として都に来ている小国の王子では、身分が違う。突っ返すような非礼な真似《ま》似《ね》は許されない。

「うーん……普段着は呂国風の方が着慣れてるからいいけど、戦袍《せんぽう》は帝国風の形が、動きやすいし格好いいよな。錦の生地がいいから、ますますよく見える」

「よくお似合いです、火韻様」

火韻には戦袍と袴《はかま》、琉思には文官風の長衣と袴が贈られてきた。綾織《あやお》りの絹地は琉思の目から見ても極上とわかるし、仕立ても丁寧だ。寸法もぴったり合っている。

「……これで、くれたのがあいつでなきゃ、最高だったのになあ」

琉思も同感だったが、そこで話を終わらせるわけにはいかない。

「皇太子にお礼を述べに伺わねばなりませんね」

「そうなのか？　一方的に送りつけてきたのに……」

「贈られたのではなく、賜《たまわ》ったと考えねばなりません。早く伺うほどよいと思います。もちろん、皇太子のご都合次第ですが。それから、お礼を申し上げるのには間に合いませんが、呂の国まで早馬を送って、皇太子に献上できる品物を用意しなければ……」

品物ですませてくれればいいのだけれど——と、心の中では思っている。心配なのは、皇太子が火韻に向かって『服をやった礼に、琉思をよこせ』と言い出すことだ。

皇太子は都に自分の屋敷を持っているが、それとは別に、王宮内に一棟を与えられている。指定された日に、火韻とともに皇太子の住まう棟を訪ねてみたところ、

「おう、よく来たな。火韻に琉思。そうだ、昨日狩りに行って、よい猪《いのしし》が獲《と》れた。振る舞ってやるから、一緒に飯を食っていけ」

ずいぶんと気さくな雰囲気で歓待された。

「えっ、猪肉《ししにく》!?　ほんとに食べさせてくれんの!?」

火韻が目を輝かせる。海辺にある呂の国では、魚料理が主だった。帝国へ来て肉料理をよく口にするようになって以来、肉は火韻の大好物になっていた。

食欲が、藍堂に抱いていた反感をかき消してしまったらしい。琉思に向けた眼《め》が、『皇太

子って、意外にいい奴じゃね？』と言っている。食べたいと今にも大騒ぎを始めそうな火韻を、琉思は慌てて止めた。

「火韻様、皇太子に向かってそのような……失礼ですよ」

離宮へ来る前にさんざん、決して皇太子を怒らせないように、失礼な言動がないようにと釘《くぎ》を刺しておいた。それでも嬉《うれ》しさで我を忘れると、こうだ。火韻を早く皇太子から引き離さないと、どんな無礼を働いてしまうかわからない。

しかし藍堂が笑いながら首を振った。

「気にするな、琉思。率直で飾り気のないところがこいつのよさだ。俺の前では、言葉遣いや態度を気にする必要はないぞ」

「しかし……」

「よい。俺のまわりには、おべっかつかいばかりだ。言葉も態度も丁寧に取り繕い、俺の機嫌を窺《うかが》っておきながら、陰では悪口を叩く連中ばかりで、気が休まらん。……火韻のような裏表のない気性は、見ているだけでホッとする」

藍堂の顔に浮かんだ苦い笑みに、琉思は胸を突かれた。大勢に取り巻かれていながら、心では孤独に苦しむというのは、皇太子という立場ではいかにもありそうなことだと思った。

火韻もどう返事していいか困ったらしく、琉思に視線を向けてくる。

藍堂がからりと笑った。

「ははは……この俺としたことが、つまらんことを言ったな。さあ、飯を食っていけ。火韻、無理な敬語を使う必要はないぞ」

二人は藍堂と夕食をともにした。とはいえ琉思は従者なので、火韻の斜め後ろにつき従っているだけである。藍堂は、無礼講だから琉思も席に着けと勧めてきたが、固辞した。

藍堂は、二人の話を聞きたがった。故郷の話や、海で獲れる産物の話もしたが、もっとも知りたがったのは、琉思と火韻の関《かか》わりだ。

「お前たちを見ていると、単なる主従を越えて、深い絆《きずな》で結ばれているように思える。たとえばこの前の一件だが、火韻よ。仮にの話だが、俺が石を投げたことを咎めて、『お前に罰を与える、ただし琉思を身代わりにしてもいい』と言ったら、どうした？」

「そんなの、オレが投げたんだからオレの責任だ。琉思を巻き込む必要なんかない」

「即答だな」

藍堂が苦笑した。

「琉思は琉思で、あの一瞬に、俺に石が当たったら大変なことになると判断して、咄嗟《とっさ》に自分の体で石を受けた。自分が怪我《けが》をしてでも、主が罰せられるのを防ごうと思ったわけだ。故国では、石投げが普通だなどと嘘までついてな。そうだろう、琉思？」

「とんでもないことです。あれは本当に、私を狙って投げた石で……」

「そら、今でも火韻を守ろうとする。なぜ、そこまで主に忠誠を尽くす？　火韻は火韻で、なぜ従者を守ろうとする？」

火韻が斜め後ろの琉思を振り仰いでから、藍堂に視線を戻す。

「なぜって、別に……そんなの理由なんて何も。琉思は、オレが子供の頃から一緒にいる、大事な従者だから」

「歳月の長さの問題か？」

問い返され、改めて火韻は首を捻《ひね》った。

「えっと……そう言われると、違うかも。会ったばかりの頃でも、琉思が危ない目に遭ったのを見つけて、夢中で助けに入ったし」

「火韻様！」

昔の話を気軽に喋《しゃべ》り出そうとする火韻を、琉思は慌てて制した。人にべらべら教えるような話ではない。自分だけならいいが、火韻や、国元にいる第一王子、高宝の恥になる。

火韻を目でたしなめ、琉思は藍堂に向かって一礼してから答えた。

「私が忠誠を尽くすのは、火韻様が我が主だからです。卑《いや》しい従者の身に、それ以上の理由など必要ありません」

「そうか？」

笑う藍堂の瞳を見た瞬間、琉思の背筋を電流が走り抜けた。

（この方は……‼）

気さくに、朗らかに笑っているように見えるけれど、瞳の奥には、野獣が獲物を狙うような光を宿している。なんのつもりで藍堂が、自分と火韻を親しい友人のように扱うのかはわからないが、信じて気安く振る舞っていると、どんな形でひっくり返されるかわからない。

そして自分が用心していることにも、気づかれない方がいい。琉思は内心の恐れを顔に出すまいと努力して答えた。

「はい。従者が主に忠誠を尽くすのは、当然のことでございます」

「羨《うらや》ましい話だ。俺にはそんな忠義な部下はいない」

そう言って、大袈裟《おおげさ》な仕草で肩をすくめたあと、藍堂は火韻に視線を向けた。

「どうだ、火韻。琉思を俺に譲る気はないか？」

「え？　やだよ」

「考えもせずに返事をするな、お前は動物か」

「どーぶつ⁉」

「そうやって短絡的に言い返すあたり、思慮が足りない。……子ザルを手なずけているようで、面白くはあるが」

「子ザルじゃないっ！」

言い返す火韻を、琉思ははらはらしながら見守っていた。

（火韻様、からかわれているんです。本気にならず受け流してください。ああ、でも、火韻様の気性では無理かも……）

むくれる火韻を面白がる目つきで眺め、藍堂が言葉を継ぐ。

「お前は面白いな、火韻。……退屈している俺を楽しませたついでに、もう一つ楽しみをよこせ。琉思一人を俺に譲れば、代わりに十人でも二十人でも使用人をくれてやろう。身のまわりの世話をする小姓、お前を守る護衛、それから極上の女。それで足りなければ、剣でも馬でも宝玉でもいい、好きな物を……」

「無理だよ。琉思の代わりはいない」

藍堂の言葉を遮り、火韻は言い切った。琉思のはらはらが、ひやひやに変わる。皇太子にはこの瞬間にもがらりと態度を変え、『無礼な態度を取った』という罪状で火韻を投獄することができるのだ。

（火韻様、皇太子の親密さを鵜呑《うの》みにしてはなりません！　きっぱり断らず、今のうちに言い換えてください。『考えさせてほしい』とかなんとか、もっと婉曲《えんきょく》な言い方に……!!）

琉思は息を詰まらせた。

しかし藍堂は、もう一回肩をすくめただけで、和やかな態度を崩さなかった。

「残念だ。……ところで火韻、猪肉が気に入りなら、今度狩りに連れていってやろうか。面白いぞ」

夕食を終えて、王宮内に与えられた部屋に戻ったあと、火韻は呟いた。

「肉を食わせてくれたり、いいところもあるけど……琉思を引き抜こうとするのは気に入らないな。断ったけど多分諦《あきら》めてないぞ、あいつ」

「皇太子をあいつ呼ばわりはいけません」

たしなめながらも、琉思は心の中で安堵していた。幼い頃から見てきたせいで、ついつい火韻を子供のように思ってしまうけれど、藍堂の友好的な態度を無条件に信じるほど単純ではないようだ。

「私は引き抜かれたりしません。命ある限り、ずっと火韻様にお仕えします」

照れくさそうに笑って、火韻が鼻の下をこする。

「オレだって、何を引き替えにって言われても絶対、琉思を誰かに譲ったりしないからな。……でも皇太子になぜ琉思を庇《かば》うんだって尋ねられて、ちょっと驚いたな。そんなの、考えたこともなかった。最初に会った時から琉思のことは大好きで、大事だったからさ」

あっけらかんとした口調で述べられた言葉に、琉思の胸が甘く疼《うず》く。疑いもなく自分を受け入れてくれた幼い王子が、どれほどの救いとなったか、火韻は知らないだろう。

「ありがとうございます、火韻様」

「礼を言うようなことじゃないだろ。……でもやっぱり、あいつはちょっと可哀想《かわいそう》かな。琉思みたいな、心から信頼できる部下が一人もいないなんて」

しかし藍堂のことだから、火韻の心を開かせるために嘘をついた可能性もある。

（皇太子が断られてあっさり引き下がるとは思えない。……用心しなければ）

その後も藍堂からは、狩りや食事、遠乗りの誘いがあった。毎回、火韻だけでなく琉思も呼ばれる。そして毎回、藍堂は火韻を子ザルだのなんだのとからかい、その挙げ句に「琉思を譲れ」「だめ」「では仕方がない」のやり取りがある。

そんな日が半月も続いて、

（もしや藍堂様は、私を材料にして、火韻様をからかって楽しんでいらっしゃるだけか？皇太子というお立場なら美男美女が選び放題だし……）

自分に声をかけたのは、気まぐれだったのだろうか——そう考え始めた頃だった。

いつかのように琉思は尚学堂の外で、一人だけ居残りになった火韻が出てくるのを待っていた。回廊の角を回って、人影が近づいてくる。

「琉思」

藍堂だった。初めて会った時と同様、供も連れず一人きりだ。大股に琉思のそばへ近づいてきて、言った。

「ちょっと庭へ下りろ。話がある」

「お言葉ですが、私は火韻王子をお待ちしなければ……」

「短い話だ、すぐ終わる。……聞いておいた方が、お前と火韻のためになるぞ」

自信たっぷりな口調でそう言われると、不安になる。琉思は藍堂に従って、庭へ下りた。

池の周囲は明るく開けていて、人の姿は近くにない。

「お話とは、なんでしょうか」

「火韻王子は、呂の第二王子だったな。王が年を取ってから生まれた子供で、可愛がられていたと聞いたが……堯帝国へ来て三ヶ月か。故国と連絡は取っているか？」

「月に一度ほど、近況を王に知らせております」

「ちゃんと返事は来ているか？　通り一遍の、『皆、息災。安心して勉学に励め』とでもいう返事しか来ていないのではないか？」

質問の形を取ってはいるものの、藍堂の口調は、そうに違いないと決めつけるかのようだ。琉思の表情から不安を見てとったか、藍堂の笑みが深まる。

「故国を離れるのなら、心利いた通信役の一人ぐらいは配置しておくものだ。今、呂の王室がどのような状態か知っていたら、とてもそんな涼しい顔はしていられまい」

言いながら自分を見つめる藍堂の眼には、獲物を追い詰めた肉食獣のような光が浮かんでいる。言葉が出ない琉思の耳に、信じがたい言葉が飛び込んできた。

「皇帝は属国の様子を常に監視している。しかしそれとは別に、俺個人としてもあちこちの国に間諜《かんちょう》を送り込んでいるんだ。他国の状況を警戒するのは、皇太子の嗜《たしな》みだからな。呂へ送った間諜が、面白いことを知らせてきた。二月《ふたつき》前に国王が倒れ、今は寝たきりだと」

「！」

月に一度、呂からは火韻王子宛《あて》の手紙が来る。帝国の検閲《けんえつ》があるので、当たり障りのないことしか書けないのはわかるが、王が病んだことはまったく知らされていなかった。

声を呑《の》んだ琉思に、皇太子が言葉を継ぐ。

「やはり何も知らなかったか。王が倒れて以来、政策を決めているのは第一王子の高宝だ。それだけならいいが……高宝は最近、孟国としばしば連絡を取り合っているそうだ。帝国に隠れて、こっそりとな。それがどういう意味がわかるか」

頬《ほお》を殴られたような気がした。

孟は、堯帝国に並ぶ大国だ。今のところ帝国とは友好を保っているが、あくまで表面的なものにすぎない。国境付近では、しばしば小競り合いが起きているという。その孟と、ひそかに連絡を取り合っているとなれば。

「呂は、孟国と結んで帝国を裏切ろうとしている……父は間違いなくそう考えるだろうな。人質として送られてきている火韻王子は、即座に処刑される」

「……っ……」

火韻王子を帝国への人質に出すよう強く主張したのが、兄の高宝だったことを、琉思は今更ながらに思い出した。母親が違っていて、自分よりずっと年下で、国王に可愛がられている弟が、目障りだったのかもしれない。王が病で、政治に目が行き届かなくなった隙《すき》を狙い、自分が呂の実権を握り、帝国から孟国に乗り換えようとしたのか。

（高宝様にとって、火韻様は人質ではない……むしろ、邪魔者だ。裏切りを怒った帝国の手で、火韻様が殺されても、高宝様はなんの痛痒《つうよう》もお感じにならない）

どうすれば王子を守れるだろうか。考えがまとまらないままに、口走った。

「呂の国で何が起こっているのか、火韻王子は知りません。王が帝国を裏切るはずはございません。孟との密約はきっと、高宝王子お一人のお考えで……」

「そんなことは関係がない。裏切った国の人質は、殺す。それが決まりだ。でなければ他の属国に示しがつかん。……父が知れば、その日のうちに火韻王子は処刑されるだろうよ。父が知ればな」

「皇帝はまだご存じないのですか……？」

そういえば、情報をつかんだ間諜は、皇太子が個人的に送り込んだものだという。つまり、呂が帝国を裏切ろうとしていることは、まだ皇太子の胸一つにおさめられているのだろうか。

皇太子が口角を吊《つ》り上げて笑った。

「どうしようかと思っている。……お前の言う通り、呂が孟に接近したのは、跳ね上がりの兄王子一人の考えで、王が気づいて止めるかもしれん。しかしそうはならずに、王が隠居して兄王子が実権を握り、孟と組むかもしれん。その場合、俺は父から、隠していたことを責められるだろうな。はたして、そんな危険を冒す価値があるのかな？」

「……」

試す口調で問いかけられても、返事などできなかった。

火韻王子を守るためなら、自分はどんな物でも差し出す。しかし相手は、大陸最大の国の皇太子だ。金銀七宝、名馬に武具、ありとあらゆる宝を持っているに違いない。それに対して自分は、小国の王子に仕える従者にすぎないのだ。

「どうした。なぜ黙っている？　火韻が死んでもいいのか」

「と、とんでもない！　でも……でも、わからないのです。どうしたらいいのか、わからないのです。私の持つ銀子《ぎんす》や剣や書物など、皇太子殿下にとってはなんの価値もございますまい。教えてください。どうすれば、皇帝陛下に言わずにいてくださいますか。なんでもいたします。お願いです、教えてください！」

自分で考えてわからないのだから、訊《き》くしかない。琉思は地面にひざまずき、額を床にこすりつけた。

「思ったより馬鹿だな。ふん、と馬鹿にしたような笑いが頭上から聞こえた。お前の持っている物の中で、俺の沈黙を買う価値があるといえば」

「!?」

顎に靴先を引っかけられ、上を向かされた。皇太子の目には、嘲《あざけ》る色が浮かんでいる。

「その体しか、ないだろうが」

「……っ……」

「今夜、ここで待っていろ。迎えをやる。あの小うるさいサルに気取られるなよ」

そう言って藍堂は身をひるがえした。琉思は地面に膝をついたまま、動けなかった。

（高宝様と孟が通じているという話が事実とは限らない。でも皇太子殿下の、自信に満ちた仰りようは……）

おそらく本当だと思わせるものが、藍堂の表情に漂っていた。

（火韻様には、言えない）

藍堂が持ちかけてきた取引のことを言えば、火韻は激昂《げっこう》し、あいつを叩きのめしてやると暴れるに違いない。かといって取引のことを隠し、王が倒れたことだけを伝えた場合はどうか。父親思いの火韻は、すぐにでも呂へ帰りたいと言い出すだろう。人質になっている王子が、勝手に帰国できるわけはない。理由を皇帝に述べたとしても、許可が出るとは思えない。下手をすれば、帰国願いを不審に思った皇帝が調査を始め、高宝王子の裏切りが知れてしまう可能性もある。

そうなれば火韻は、呂に帰るどころか、囚《とら》われて処刑されてしまうだろう。

自分にできることは一つきりだ。

体で藍堂の沈黙を買って、時間を稼ぎ、故国の裏切りが皇帝に知れる前に、火韻とともに逃げ出す――他に火韻を守る手段はない。

（帝国を脱出するといっても、路銀も要るし、長距離の移動には馬が欠かせない。街道の警備は厳しいだろうから、できれば通行手形もほしい。私一人で、それだけの準備を整えるのは不可能だ）

皇太子として権力を誇る藍堂なら、可能なはずだ。自分の体にどれほどの価値があるのかはわからないが、精一杯に奉仕して藍堂に気に入られ、願いを聞いてもらうしかない。

（八年前、火韻様のおかげで免れたことを、相手こそ違え、今度は自分からするのか……）

それも火韻を守るためにだ。皮肉な成り行きに、琉思は唇を歪《ゆが》めた。


その夜、火韻が眠ったのを見計らい、琉思は部屋を抜け出して庭へ行った。どこかで見張っていたらしく、藍堂が言っていた迎えがすぐに現れた。王宮を警備する衛兵の格好をしている。いや、武張った物腰からするとおそらく、本物の衛兵だろう。

「ご案内いたします。……前もって申し上げておきますが、途中で気を変えて逃げようとしたり、大声で騒いだりなさいませんように」

琉思は無言で頷き、案内の衛兵に従った。連れていかれたのは、皇太子の住む別棟だ。衣装の礼を述べに来た時、謁見《えつけん》用の部屋へ通されたことはあったが、今回は違う場所へ向かうようだった。暗い廊下を何度も曲がって、奥へ進んだ。

（……なんだろう。香のにおい？）

花のような、南国の果物のような、甘ったるい香りが空気に混じっている。爽《さわ》やかな甘さではなく、濃厚で扇情的だ。耳を澄ますと、女性の笑い声や嬌声《きょうせい》らしいものも聞こえてくる。不安になって歩みが遅くなると、衛兵に咳払《せきばら》いで急《せ》かされた。

進むにつれて、甘い香りが強くなる。やがて、一つの扉の前で衛兵が足を止めた。

「この中です。どうぞ」

琉思に声をかけておいて、扉を開く。廊下に漂っていた甘ったるいにおいが、あふれ出してきた。廊下にいる時は気づかなかったが、酒の香も混じっている。濃厚すぎて胸が悪くなりそうだ。

部屋は薄暗いが、かなりの広さがあることはわかる。あちこちから、くすくす笑いや、喘《あえ》ぎ声や、睦《むつ》み合うような囁きが聞こえてくる。

自分を連れてきた衛兵が、部屋の奥に向かって声をかけた。

「藍堂様。連れて参りました」

「早かったな。そいつを置いて、お前は戻れ」

笑い混じりの、皇太子の声が聞こえてくる。衛兵は琉思の背中を押し、「奥へ進め」と囁いて、部屋から出ていった。

「誰か、明かりをつけてやれ。新参者に、ここがどういう場所かよくわかるように」

皇太子の声が聞こえ、部屋のあちこちで明かりが灯《とも》った。

「……っ！」

琉思は立ちすくんだ。素肌が透ける薄絹を、申し訳程度に体にまとわりつかせた美女が十数人、いや、もっといる。いくつも置かれた榻《とう》に腰かけ、あるいは床に寝そべって、琉思をじろじろ眺め回している者もいれば、興味なさげに酒を飲んでいる者、あるいは別の相手と睦み合っている者など、さまざまだ。よく見ると女性だけでなく、美少年や美青年も混じっているらしい。

うろたえて視線を逸らしても、顔を向けた方向にはまた、淫《みだ》らな姿の男女がいる。見ているこちらの方が恥ずかしい。熱くほてった顔を部屋の奥へ向け——琉思は息を呑んだ。

一番奥の大きな榻に、上半身裸の皇太子が座っていた。袴はまだはいているようだが、紐《ひも》を解き、ずらし気味にしているようだ。全裸の女が前にひざまずき、皇太子の股間《こかん》に顔を埋《うず》めて、ぴちゃぴちゃと舌を鳴らしている。

女の口元から、藍堂の牡《おす》が覗《のぞ》いた。太い。

見てしまったことに動揺し、琉思は慌てて目を逸らした。藍堂の嘲る声が飛んできた。

「なんて顔をしている。何も知らない生娘じゃあるまいし」

やはりそうなのだ。自分は淫らな目的のために、ここへ来るよう命じられたのだ。

「ぼうっと突っ立っているんじゃない。さっさと脱げ。……いや、待て。女ども、もっと明かりを増やせ。新入りが脱ぐからな。武器を隠していないか、じっくりあらためろ」

「な、何も隠してなどいません」

「反抗する気か？　いやなら逃げ帰ってもいいんだぞ」

「そ、それは……」

琉思が躊躇《ちゅうちょ》している間に、女たちが立ち上がって壁の燭台《しょくだい》に次々と灯《ひ》を入れた。薄暗かった部屋が、眩《まばゆ》いほどに明るくなった。藍堂が笑いの混じった声で言った。

「逃げ帰らないのなら、することは一つだろう。どうする、琉思？」

面白がるような視線が集中してくる。恥ずかしくて、息が止まりそうだ。しかし皇太子の機嫌をとらなければ、火韻王子の身が危ない。

琉思は上着を脱ぎ、肌着から腕を抜いた。全裸になるのを少しでも遅らせたくて、一枚一枚丁寧に畳んで、そばの床へ置く。それでも最後にはすべて脱ぎ捨てるしかない。

あらわになった体に、周囲からの視線が突き刺さってきた。

「律儀ねえ、いちいち畳んで。男はもっと野性的でないと」

「馬鹿ね、あなたの相手をするんじゃないわよ。藍堂様の伽《とぎ》をするのだから、優男の方がいいに決まっているじゃないの」

「そうよ。いじめたくなる雰囲気がいいわ」

「綺麗《きれい》な肌……なめらかで白くて、妬《ねた》ましいぐらい。どんな手入れをしてるのかしら」

好き勝手な言葉が羞恥《しゅうち》を煽《あお》る。藍堂は止めようとせず、にやにや笑っているばかりだ。こうして自分に恥辱を味わわせて、楽しんでいるのだろうか。

「武器を持っていないか調べると言っただろう。手で隠すな。もっと近くへ来い」

下腹を覆っていた手を外し、琉思は藍堂の三歩前まで進んだ。視線が突き刺さってくる。

「ふむ。あまり使い込んでいないようだな。今度は反対を向いて、足を開いて体を深く倒せ。両手で尻を左右に開くんだ」

「……っ……」

あまりにも屈辱的な命令に、息が詰まる。だが逆らうことはできない。琉思は言われるまま体を倒し、双丘の肉を両手で開いた。大勢が見物している中で、もっとも恥ずかしい場所を皇太子に晒《さら》す自分が、情けなくて居たたまれない。

「よし。立ってこっちを向け」

向き直った琉思の顔を眺め回し、藍堂が口角を吊り上げる。

「恥ずかしくて息が止まりそう、といった顔だな。初々しくていい。よがり泣くとどんなふうになるのか、楽しみだ。……今まで、何人と寝た？　正直に言え」

「誰も、ありません」

不審と期待が混じった表情で、藍堂が身を乗り出す。

「まさか、誰も？　何も知らんのか？」

「実際にしたことは、一度も……」

「その顔でか。信じられんな。男女問わず、誘ってきただろう。中には口説《くど》く手間を省いて、お前を襲った男などもいたんじゃなかったのか？」

琉思は黙ったまま、首を横に振った。襲われたことはあるが、未遂だった。だから嘘ではない。未経験だ。

周囲から、期待するようなさざめき声が起こる。

「嘘ではないらしいな」

藍堂がにやりと笑い、口で奉仕していた女を押しのけた。榻から立ち上がると、袴と下着が足元に落ち、鍛え上げられた裸身があらわになる。女たちが嬌声をあげる中、隆々とそそり立った牡を隠そうともせず、大股に歩み寄ってきた。

身をこわばらせている琉思を、軽々と肩に担ぎ上げる。

「あぁっ⁉　お、下ろして、くださ……」

琉思の懇願を圧して、皇太子の声が部屋に響いた。

「初物は俺が独り占めする。お前たちはここで、適当に楽しんでいろ」

「そんなぁ、私たちにも見せてくださいませ」

「藍堂様に責められて、どんな顔になってどんな声で鳴くか、楽しみでしたのに」

「だめだ。こいつの反応も含めて、俺が独り占めする」

そう宣言し、藍堂は琉思を担いだまま、部屋の隅にある扉へと歩いた。女の一人が素早く前に出て扉を開けた。

中はさっきの広間より二回りほど小さな部屋だ。広い寝台が目立つけれど、人はいない。女が外から扉を閉めた。

衆人環視の中で犯されるのではないと知って、少しホッとした。

藍堂は琉思を寝台の上に放り出した。布団がやわらかいので怪我はしない。このまま覆いかぶさられて、犯されるのだろうか。それを思うと身がこわばる。

しかし藍堂は琉思のそばに、仰向けに寝転がっただけだ。

「さて、奉仕してもらおうか」

「え……」

当惑して身を起こした琉思に、藍堂は舌なめずりするような笑みを向けてきた。

「お前、経験がないと言っていたが、犯されかけたことはあるんじゃないのか。俺が触るたび、怯《おび》えている」

「……」

「力ずくで物にするのもいいが、昔お前を襲った奴と同じことをするのでは芸がない。お前に、『自分を襲った何人目かの男』という覚え方をされるのはまっぴらだ。だから、お前が今まで経験したことがないことを、やらせてやる。奉仕しろ。お前は、俺に頼みごとをしている立場なのだからな。受け身でいるのはおかしいだろう」

琉思は言葉に詰まった。

藍堂の言葉には一理ある。というより、どんなに無茶な命令を出されても、自分は従わねばならない立場なのだ。しかし『奉仕』と言われても何をすればいいのか、どう始めればいいのか、見当がつかない。口を吸うのか、それとも、隣の部屋で藍堂にまとわりついていた女性のように、牡をくわえればいいのか。しかしいきなりそんな真似をしては、無礼に当たるのではないだろうか。

まごまごしている琉思を眺め、藍堂が仕方なさそうに溜息《ためいき》をついた。

「お前に任せていては、話にならんな。こっちへ来てしゃぶれ」

牡を指さして指示されればさすがにわかる。

仰向けに転がった皇太子の、大きく開いた脚の間に、琉思は膝をついた。肩幅が広く胸板の厚い体つきに引けをとらない、逞しい牡が、屹立《きつりつ》している。自分より、二回りは大きいのではないだろうか。

「……し、失礼いたします」

断ってから深く身をかがめると、藍堂が声を立てて笑った。

「俺のモノに、礼儀を尽くす奴は初めて見たぞ」

「ち、違います。今のは皇太子に……」

「いいから、早くしろ」

急かされた琉思は、言い訳をやめ、屹立した牡に片手を添えて顔を近づけた。濃密な汗のにおいと、牡そのものの放つ、なめし革に似たにおいが鼻をつく。自分のものとは、大きさも色も、男くさいにおいも、まるで違う。

とにかく、快感を引き出し、達してもらわないことには、奉仕になるまい。自慰の時に、自分がどこをどんなふうにしごいて快感を得ているのかを、思い起こす。自分はおそらく淡泊な方だ。百戦錬磨といった様子の藍堂に、通じるかどうかはわからないが、他にどうしようもない。

(手でやる時と同じようなことを、口ですればいいんだろうか……)

唇を当ててみた。怒られないから、多分これで正しいのだろう。

熱い。牡のにおいが鼻をつく。大きすぎて、全体を口にふくむには覚悟がいるので、まずは舌を出して先端をちろちろと舐《な》めてみた。皇太子の表情を窺う。

「それでいい。……んっ……そうだ、丁寧に、舐め回せ」

途中で低く呻《うめ》いたのは、笠の裏を舌先でほじったのが効いたのだろうか。このやり方でいいとわかると、ちょっと安心できた。

笠の裏だけでなく、全体に舌を這《は》わせてみる。唾液《だえき》で濡《ぬ》れた唇をべったりとくっつけて、吸い上げる。舐める前から屹立していた牡が、ぴくっと震えてさらに大きさを増した。

藍堂が笑う。

「まだまだ素人《しろうと》くさいが、丁寧なところはいい。舐めるのはそのくらいでいい。今度は俺にまたがれ。……いや、そのままではきつそうだな。自分でほぐしてみろ」

「ほぐす？」

何をどうするのかわからなくて問い返したら、ニヤニヤ笑って教えられた。

「やはり知らんか。濡らした指を差し込んで、中の肉をやわらかくほぐすんだ。だんだん指を増やして、三本は入るようにしないと、きついぞ。特に俺のは」

自分で自分の後孔へ指を入れるなど、考えたこともない。しかし、やるしかない。指を濡らすものを探して周囲を見回したら、小卓の水差しが目に留まった。

「あの……水差しをお借りしてもよろしいでしょうか」

藍堂がきょとんとする。

「何に使う気だ？」

「指を濡らせと、仰ったので……」

そう答えた途端に、爆笑された。藍堂が上体を起こし、寝台の上にあぐらをかく。

「なんのために濡らすと思っている。水差しの水が、すべりをよくする役に立つか。……まったく、お前には一から十まで教えてやらねばならんようだな」

「も、申し訳ありません」

恥ずかしさで、全身が熱くほてる。その琉思を面白そうに眺め、皇太子が命じてきた。

「いいだろう、教えてやる。唾を使え。指にたっぷり塗りつけたら、そこにしゃがんで、尻の穴に指を押し込むんだ。息を吐いて腰の力を抜いて、まず一本入れてみろ。……足を開いてしゃがめ。様子が俺に見えなかったら、意味がない」

細かく命じられる内容のすべてが、恥ずかしい。

琉思は布団の上にしゃがみ込み、人差し指を口にふくんでから、股間に回した。後孔にあてがう。唾液のぬめりが粘膜に触れた。つぷっ、と先端がめり込む。

「ううっ……」

こんな場所に外から何かを入れたことなどない。初めて味わう違和感に、体が引きつる。

「息を吐けと言っただろう」

命じる声に合わせて、深く息を吐き、さらに指を進めようとした。しかし、

(見られている……こんな、恥ずかしい格好を……)

しゃがんで股間に手を伸ばした格好のみっともなさと、藍堂の視線を意識してしまうと、緊張が解けなくなった。体ががちがちに硬くなり、指を抜くことも進めることもできなくなった。

(い、いけない。早くしないと、皇太子が……)

怒らせてはいけない、急がねばならないと思うほどに、体がこわばる。一節入れただけな

のに、後孔が引きつるように痛んだ。

「う……く、ぁっ……っは、ぁあ……‼」

痛みと焦りに呻いていると、藍堂が苦笑混じりに「仕方がない」と呟いて琉思の肩をつかんだ。

「もういい。初々しいのはいいが、時間がかかりすぎだ」

言ったかと思うと、琉思の肩に手をかける。

「こ、皇太子⁉」

「お前にやらせていては夜が明ける。指一本入れるのに、どれほどかかっているんだ」

そう言い放ち、藍堂は琉思の体をひっくり返した。その拍子に後孔から指が抜け、ぬちゅっ、と濡れた音が鳴った。

(今の音……聞かれた？　きっと聞こえた……どうしよう、あんないやらしい音を……)

さらに、今取らされている姿勢ときたら、背中を下につけ、腰を深く折り曲げて、大きく開いた脚の間から顔を出すという、でんぐり返しの途中のような体勢だ。肉茎と袋と後孔が一番高い位置にある。頭に血が上って、目が潤む。

その琉思の顔を満足げに眺めて、藍堂は見せつけるように自分の指を舐めた。

「俺が直々《じきじき》にほぐしてやる。ありがたく思え」

「あ……あ、ぅうっ！」

指を深々と突き立てられ、動かされる。

自分で後孔をほぐすさまを見物され、指が後孔から抜けるいやらしい音を聞かれて、もうこれ以上恥ずかしいことなど何もないと思った。けれどこんな格好にされ、指で後孔を犯されて――羞恥のあまり息が止まってしまわないのが、不思議だった。

「緊張が強すぎるな。息を吐け。……痛いか？」

藍堂の口調がやわらかくなる。とはいえ、所詮《しょせん》は偽りの優しさだ。本当に優しければ、自分を脅して意のままに弄《もてあそ》んだりはしない。そうとわかっていても、今の琉思はすがりつかずにはいられなかった。必死に訴えた。

「痛い、です……引きつる、みたいで……」

「唾だけでは足りないか。油を使ってやろう。よく効くぞ」

笑い混じりの声と一緒に、後孔のまわりへ、ぬるっとしたものが垂らされた。潤滑油らしい。香料が入っているのか、甘いにおいが部屋に広がった。藍堂は指を抜き差しして、油を琉思の中へ塗り込んでいるようだ。

「ふ、ぁっ……あ……」

油のおかげで摩擦が消えたせいか、楽になってきた。後孔の緊張が解けると、自分の中でうごめく指の感触がはっきりと意識される。外からの侵入を受け入れた違和感と、圧迫感はまだ残っているが、苦痛はかなりやわらいだ。

指で責めている藍堂にも、その気配は伝わったらしい。

「少しは楽になったか。……こういうのはどうだ？」

面白がる口調で言い、指を中で動かした。

（えっ……な、何？　何、が……あぁぁっ⁉）

自分の後孔の奥がどうなっているかなど知らないし、知ろうと思ったこともない。だから、藍堂の指がある一点を押した瞬間、背筋を駆け上がった異様な感覚に、驚愕《きょうがく》した。

熱というのか、電流というのか——気持ちいいのか悪いのかさえ、わからない。

「やっ、ぁ、ああっ！　許し……許して、くださ、いっ……‼」

「何がだ？　何を許してほしい。ここか？　こうされるのはいやか？」

指が、後孔の奥にあるしこりを軽く押しては放す。そしてまた押す。何度も弄ばれるうちに、腰から広がる感覚は、違和感ではなく、体をしびれさせる快感に変わっていった。

触られてもいない肉茎が、硬く熱く勃《た》ち上がり、先走りをにじませ始める。

体が異様に熱い。勝手に甘い喘ぎがこぼれ出る。自分は今、どんなみっともない顔を晒しているのかと思うと、恥ずかしさで息が詰まりそうだ。一度、腕で顔を隠そうとしたけれど、藍堂に「隠すな」と叱責された。

指を二本、三本と増やされ、中を荒々しくかき回されても、もう痛くない。快感が増すばかりだ。腰が勝手にがくがくと揺れ、先走りが自分の顔にしたたり落ちる。

「油が効いて、気持ちよくなったか。初めてのくせに、もうこんなにして」

「あぁっ！」

肉茎の先端を指ではじかれ、琉思は身悶《みもだ》えた。喘ぎっぱなしで閉じられない口の端から、だらしなく唾液がこぼれた。

「淫らで、いい顔だ。素質がありそうだな、お前」

舌なめずりする口調で言い、藍堂は指を引き抜いた。呻く琉思を引き起こし、あぐらをかいた膝の上へと抱え上げる。

「入れるぞ。力を抜いていろ」

ゆっくりと体が下ろされた。ほぐされた後孔に、猛《たけ》り立った牡が当たる。

「……っ！」

熱さと硬さに、思わずのけぞった。構わずに藍堂は、琉思の体を下ろしていく。自分の後孔を濡らす潤滑油に、牡がにじませる蜜《みつ》が混じって鳴った、くちゅっという卑猥《ひわい》な音は、藍堂の耳にも届いただろうか。

さんざんほぐされたが、今、自分を貫こうとしている牡は逞しすぎる。指とは比較にならない圧迫感だ。粘膜が限界まで伸ばされ、引きつる。油のぬめりと指の責めで消えていた痛みが甦《よみがえ》ってくる。

「あっ、ぁあ、ぅ……っ、あ……」

　とぎれとぎれの悲鳴が、口からこぼれた。

　苦しい。体がばらばらに壊れてしまいそうだ。けれどその苦痛の中に、甘く心地よい感覚が混じっている。揺すられるたびに――逞しい牡が、後孔の奥の一点をこするたびに、その快感が増していく。

（なぜだ？　なぜ、こんなに、感じて……？）

　異様なほどの快楽が怖くて、琉思は目の前の広い胸にすがりついた。

「も、もう、やめ……あっ、ぁあ……許し、て……っ」

「やめてほしいのか？　感じているくせに嘘をつくな。……こうしてほしくて、すがりついてきたのではないのか？」

　楽しげに言い、藍堂は琉思の腰に片腕を回し、引き寄せておいて荒々しく揺する。

「ひぅっ⁉　やっ……こ、こんなっ……」

　二人の体に挟まれ、揉《も》みくちゃにされる肉茎から、新たな快感が伝わってきた。後孔からの甘い感覚と入り混じり、増幅し合って、琉思の意識を甘く溶かそうとする。

　初めて味わう異様な快楽と、自分が壊れていくのではないかという不安に苛《さいな》まれ、琉思は泣きながら訴えた。

「やっ、いや……助け、て……‼　壊れ、る……おかしく、なる……っ！」

「なればいい」

突き放すような言葉でありながら、耳に吹き込まれる声は、優しかった。

「おかしくなろうが壊れようが、面倒は見てやる。何も考えるな。俺に任せて、従っていればいいんだ」

藍堂の囁きは、思いがけない甘美さを伴って、鼓膜を震わせた。

(任せていい……?)

新鮮な言葉だった。

帝国へ来て以来、主を守ろうとして、ずっと気を張っていた。考えるより先に手が出る火韻は、権謀渦巻く宮廷には向かない性格だ。火韻が失敗しないように、人の恨みを買わないように、気を配り続けてきたけれど、自分のしていることが正しいのか、もっと他に手を打っておくべきではないかと、いつも不安を抱えていた。

自分の判断に火韻の運命がゆだねられているという重圧が、常に琉思を苦しめていた。

(そうか……何も、考えなくていいんだ。皇太子に、すべてお任せしていればいい)

両肩にのしかかっていた重しが、泡のように消え失《う》せた。これほどの解放感を味わったことは、今までなかった。

すがりつく腕に力を込め、琉思は藍堂の突き上げに合わせて体を揺すった。二人の体に挟まれた肉茎と、敏感なしこりをこすられる後孔からの快感が、脳を直撃する。

「ぁ、はぅっ！　ああぁ……あーっ‼」

藍堂に貫かれたまま、琉思は達した。ほとばしった熱い液体は、汗と混じって、互いの体をさらに密着させる。

「あぁっ……ん……ぅっ……」

「もうイったか。だが、まだだぞ。俺が満足するまでは、終わらん」

射精後の余韻に震える体を、なおも揺さぶり上げられる。言葉にならないとぎれとぎれの喘ぎをこぼし、琉思は新たな快感に身をゆだねた。

2

「……気に入らない」

藍堂は独りごちた。

(いい体だ。極上だ。……なのになんなんだ、この納得いかない感じは)

あの夜を皮切りに、今まで何度も琉思を抱いた。清らかで美しい琉思をいたぶってやったら、どんなに面白かろうと思って仕掛けたことだ。

もちろん、悪くはなかった。羞恥に震えながらも衣服を脱いで裸身を晒し、自分から口で奉仕してくるさまは、見応《みごた》えがあった。細身の体は腕の中で何度も弓のようにしなって、きわめて抱き心地がよかった。さらに後孔は、突き入れた牡の根元を、食いちぎりそうに締めつけるかと思えば、とろけるようなやわらかさで先端を包み込んだ。

普段なら、一、二回抱いて新鮮味がなくなれば、自分に侍《はべ》る女どもや美青年を巻き添えに、乱交に持ち込む。

しかし琉思は、まだ取り巻き連中にいじらせたことはなかった。毎回、奥の小部屋で二人きりの夜を楽しんでいる。体もいいし、反応もいい。もったいなくて、他の者に分けるなどもってのほかだ。

しかしなぜか、回を重ねるほどに納得できなくなる。

(欠点はないのに、どうも満足できない……なぜだ？　心が手に入らないせいか？)

最初の時だけは、媚薬《びやく》入りの油を塗り込んでやった。琉思が不安と羞恥におののいていたせいだ。後孔の筋肉が緊張したままでは自分も楽しめない。

しかし琉思の体はすぐに快感を覚えるようになり、二度目からは媚薬なしでも強く反応するようになった。涙と涎《よだれ》をこぼして喘ぐ顔は、普段の清潔な様子からは想像もつかない艶《なま》めかしさだ。髪を振り乱して身悶え、しがみつく腕に力を込め、時には自分の背に爪を立てる時さえある。

それでいて、ことが終わったあと琉思がまず口にするのは、火韻のことだ。媚薬を使った、最初の夜でさえそうだった。

『どうか、呂国の裏切りを皇帝には伝えないでください。もし知れたら、火韻様は……』

心配そうな眼で、念を押してきた。

行為中の激しい乱れっぷりを見て、内心で藍堂は、火韻から引き離して自分の囲い者にできるかもしれないと期待していた。それをあっさり覆されて、不機嫌になり、

『抱くだけ抱いて約束を破るような、底の浅い真似をこの俺がするか』

と怒鳴り散らした。安心したように微笑《ほほえ》む琉思の顔は、限りなく美しかったけれど、それが自分のためではなく火韻のための表情だと思うと、腹が立つ。

（あのサルのどこに、それだけの価値がある？）

火韻は先月十八歳になったと聞いている。しかし気性が子供っぽいのと、背が低く童顔のせいで、年より三つくらいは幼く見える。自分があの年齢の時には、もっと思慮深く、周囲の状況を読んでいたと思う。

しかし火韻ときたら、喋っている相手がこの国の皇太子だとも気づかずに、喧嘩《けんか》を売ってきた。それだけならまだ無知のなせる業ですむが、琉思に教えられたあとでも、『琉思にちょっかいを出す奴は、誰であろうと許さない』と、たわけたことをわめいていた。普通の頭の持ち主ならひざまずいて額を床にすりつけ、詫《わ》びてくるところだ。琉思はいったい、あんな馬鹿のどこがよくて仕えているのだろう。

（なぜ俺になびかない？　褥《しとね》の上では乱れるくせに……いや、逆か。なぜ俺は、あれだけいい反応を返されて、満足できないんだ？　体さえよければ充分なはずだ）

そう気づいて、藍堂は当惑した。

これまで夜伽をさせた相手は、何人か何十人か、自分でももうわからない。その誰に対しても、体の反応以上のものを求めたことはなかった。

琉思は、嗜虐心《しぎゃくしん》をそそる声で鳴く。責めた時の、苦しげに眉を寄せ、半開きの唇で喘ぐ顔の艶めかしさといったらない。普段の雰囲気が清らかで知的なだけに、真っ赤にほてった顔を涙と涎で汚して泣く姿は、何回達したあとでも興奮させられる。後孔の締まりもいいし、不慣れながらも一生懸命に奉仕してくる手つきも舌づかいもいい。

素人くささを加点と見ずに減点対象にしても、今まで侍らせた相手を順位づけした場合、三位以内には必ず入る。

（あの体と、表情と声……充分ではないか。なぜ物足りないと感じるんだ、俺は？）

自分はいったい、琉思に何を求めているのだろう。わからない。最初に会った時は、その美しさに惹《ひ》かれ、連れていこうとしただけだった。本気でほしくなったのは、無礼な真似をした火韻を必死に庇っている姿を目にした時だ。

（俺が目をつけた美形が、俺以外の奴に心からの忠誠を誓っているのが、納得いかないんだろうか……）

確かに、琉思はいまだに火韻のことばかりを案じている。あれは許せない。最初に惹かれたのは、琉思のたおやかな美貌《びぼう》だったが、火韻を必死で庇う様子を見てから、さらに所有欲を刺激された。

琉思と火韻の絆が切れてしまえば、この満たされない感覚も消えるだろうか。

(皇帝が、呂の裏切りを嗅《か》ぎつけてくれればいいんだが。そうなれば自動的に、火韻は投獄され処刑される。……琉思との約束だ、俺の口から皇帝に知らせるわけにはいかんからな)

自分からの情報とはわからないように、人を介して注進することはできる。だが琉思との約束を破りたくはない。嘘ぐらいいくらでもついてきたけれど、なんとなく、琉思に対してはそうしたくなかった。

(まあいい。慌てる必要はない。……火韻に知られまいとして、気を張っている琉思の風情も、なかなかそそる)

琉思との約束を守ったまま、火韻とのつながりを断ち切るすべはないかと考えて、幾日かが過ぎた、ある日のことだった。

朝廷での会議が終わって、大広間を出ていこうとした時、尖った声をかけられた。

「皇太子！　すみません、ちょっとお訊きしたいことがあります！」

火韻だった。人を押しのけ突きのけ、迷惑そうな顔をされながらも、自分の方へ近づいてくる。そういえばさっきの会議には、王国貴族や重臣たち以外に、都へ留学――という名目で人質になりに来ている各国の王族も、列席していた。ただし従者を連れては大広間に入れない決まりのため、琉思はつき添っていないようだ。

「どうした、火韻。今日はまともな口の利き方ができるじゃないか」

いつものようにからかってみたが、火韻は取り合わない。真剣な目つきは、見つめるというよりにらみつけるという方が近い。

「話があります。他の人には聞かれない場所で……琉思には気づかれないように」

「ほう」

琉思抜き、という言葉に興味を引かれる。もしかすると、自分が琉思を弄んでいることに気づいたのかもしれない。事態が動くのなら、望むところだ。

「よかろう。それなら、こっちへ来い。休憩用の小部屋がある」

通路で待っている琉思には、見られない方がいい。藍堂は火韻を、広間の奥にある皇族用の休憩室へ連れて入った。飲み物を用意した小姓が出ていき、二人きりになった途端に、待ちかねたように火韻は問いかけてきた。

「琉思に何かしましたか?」

まだ火韻は、自分と琉思の関係に気づいたわけではないらしい。疑っている程度だ。挑発するか、白を切るか、どちらがあとあと楽しい展開になるだろうか。

とりあえず、問い返した。

「なぜ俺に尋ねる。琉思が俺の話をしていたのか？」

「……何も」

「ならばなぜ、何かあったと思うんだ。単に頭痛がするとか、胃を壊しているだけかもしれないじゃないか」

「そんなんじゃない。そんなんじゃないんだ」

苦しげに顔を歪め、火韻は言葉を絞り出した。心が揺れているのか、どうにか取り繕っていた礼儀が剝《は》がれ落ち、口調が崩れる。

「オレに気づかれないよう、普段通りの態度でいようとしてるけど、今までの琉思じゃないってことぐらい、わかる。笑ってる時でも、なんか無理してる感じで、しょっちゅう溜息をついてるし……体調が悪いなんていう、単純なことじゃない。絶対何か、琉思が動揺するようなことがあったんだ」

「それが俺のせいだと？　琉思がそんなでたらめを言ったのなら、許せんな」

「琉思は何も言ってない。尋ねたって、何もないってオレに笑ってみせて、心配かけて申し訳ないって謝るばかりで……だから琉思には何も訊けないんだ、オレが考えただけだ」

「そんな薄弱な根拠で俺を疑うのか」

「だって、琉思に何かしそうなのは、他にいない！　何かしたんだろ⁉」

激した口調で言い、火韻は卓を両手でばんと叩いた。

その様子を、妙に楽しい気分で藍堂は見守った。火韻は、こうでなくてはならない。面白いので、もっと挑発することに決めた。

「お前は、俺が何かしたと決めつけているようだが、琉思が一人で隠しごとをしているだけかもしれないぞ。本人に訊いてみたらどうなんだ？」

「琉思がオレに隠しごとなんかするもんか！」

「それはどうかな。たとえば、『誰かに喋ったら、火韻王子の身に危険が及ぶ』とでも言って脅されたら、琉思は身動きが取れなくなるのではないか？　誰にも言えず、ただ命令に従うしかないだろうな」

わざとらしいにおわせ方だったが、単純な火韻にはこのくらい直接的な方がわかりやすいだろうと思った。はたして、食いついてきた。

「お前っ！　琉思に何をした⁉」

椅子を蹴倒《けたお》し、つかみかかってくる。大変楽しい。

藍堂は素早く立ち上がり、胸ぐらをつかもうとした手をはたき、同時に足を払った。火韻が床にひっくり返る。

「いてっ！　こ、このっ……」

「馬鹿。たとえ話をしただけだ。心の広い俺だから許してやるが、皇族相手にこんな真似をしたら貴様、ただではすまんぞ。だいたい、つかみかかって何をする気だった？　力ずくで言うことを聞かせようと思うのなら、腕を磨け。剣でも組み討ちでも、お前はまだまだ俺に勝てない」

負かした相手に説教をするのは、実にいい気分だった。転ばせるだけでなく、投げ飛ばすくらいしてもよかったかもしれない。それでも火韻の単純さは気に入っている。そもそも自分は、嫌いな相手に対してなら口も利きたくない。火韻を見下ろして、言い放った。

「何があったか、それに俺が関わっているのかどうか、琉思から聞き出せばいい。……今まで隠していたぐらいだ、本人は言いたがらないだろうがな。主なのだから、無理矢理に口を割らせることぐらいできるだろう？」

聞き出せと言いながら、実行すれば琉思を苦しめると、言葉の裏ににじませてやる。火韻はどう出るだろうか。なおも自分に詰め寄るか、それともすごすごと帰って、琉思を問い詰めるかどうか、一人で悩むのか。

（……あとの方だとつまらんな。俺がその状態を見物できないじゃないか）

いっそ琉思をこの場に呼ぶのも面白いかと、考えた時だった。火韻が床にひざまずいた。

「お願いします、琉思を解放してください！　オレにできることならなんでもします、皇太子の奴隷にでもなんでもなりますから……お願いします‼」

叫んで、額を床にすりつける。

「ふん、そんなことができるか。人質の王子を皇太子が奴隷扱いにしたら、他に人質を出している国が反感を抱くのは目に見えている。そのくらいは、お前にもわかるだろう。うまいものだ。そうやって、俺が実行できない申し出を口にして、さも覚悟があるように見せようというのか？」

「違う、そういうつもりじゃない！　本気です、オレはなんだってするから琉思を……‼」

意地悪く言った藍堂に、火韻が必死に訴えてくる。嘘偽りのない、真剣な表情と声だ。もし死ねと命じれば、ためらいなく己の胸を刺すだろう。琉思が、火韻を守るためならなんでもすると言ったのと同じように。

（つまらん。どうにかして、こいつと琉思の仲を裂くことはできないのか？　こんなことなら、呂国の裏切りをさっさと皇帝に教えてしまえばよかった）

王子の火韻は即座に投獄され、処刑されただろうが、従者の一人ぐらい、どうなったところで皇帝は気にしなかっただろう。周囲が気づかないうちに琉思を攫《さら》い、自分のものにしてしまえば、後腐れなく片がついたのだ。

あの時そうせずに『呂の裏切りを皇帝に隠す』という危険を冒したのは、追い込まれた琉思の苦悩するさまを見たかったからだ。琉思は、実によく期待に応えた。火韻に隠しごとをしているという後ろめたさと、度重なる凌辱《りょうじょく》に慣れていく体の間で悩む様子は、藍堂の嗜虐心を楽しませてくれる。雨に打たれる花のような、儚《はかな》げで哀《かな》しげな風情が、大事に守ってやりたい気持ちと、引きちぎり踏みにじりたい欲望の、両方を煽り立てる。

（……子ザルが苦悩している様子も、これはこれで面白いが）

単純で明朗な性格の火韻が、琉思を解放してくれと土下座する様子は、征服感を満足させる。初めて会った時には、敵意むき出しで石を投げ、自分が皇太子だと知っても臆せず刃向かってきたのに、今は、慣れない敬語を使い、自尊心を殺して懇願してくる。

（面白いが……どうしたものかな。からかって遊ぶのにはいいが、寝る対象には……うーむ、食指が動かん。やはり、琉思だ）

だがその琉思は、体を自分に任せるだけだ。心は火韻への忠誠に染まっている。

（どうにかして、こいつとの心のつながりを断ち切らないと……待てよ？）

不意に閃《ひらめ》いた。

火韻が琉思を嫌うように仕向ければいい。

「……子供には少々刺激が強いだろうが、まあいいか」

ついこぼれた呟きに、火韻が訝《いぶか》しげな表情で見上げてきた。口元がゆるむのを自覚しながら、藍堂は言った。

「お前は少々考え違いをしているようだ。琉思本人に尋ねるのが一番だと俺は思うが、聞き出せないというのなら、手を貸してやってもいい」

ふくみのある言い方に、頭がついていかないのだろうか。火韻は無言のままだ。構わずに言葉を続けた。

「まずはお前、琉思の様子が今までと変わった原因を確かめるがいい。原因を知らねば、対策の立てようもなかろう」

「それは、そうだけど……」

「手を貸してやる。俺の出す条件はただ一つ。騒がないことだ。……今夜遅くに、迎えをやる。あとはそいつの指示に従え。そうすれば、原因がわかるだろう」

「じゃあ、やっぱり……」

火韻が目をみはる。当然だ。今の台詞《せりふ》は、琉思の変化の原因を知っていると告げたに等しい。先手を打って言い足した。

「騒ぐな、問い返すな。とにかく黙って指示に従え。それがいやなら、俺はもう何もしない。一人で勝手に琉思の心配をしていろ」

不満そうな顔をしながらも、火韻は口をつぐんだ。了解したというつもりか、無言で何度も頷く。今、黙れと言ったわけではないけれども、この単純さが好もしい。今夜は、楽しいことになりそうだ。

「黙るのは、迎えが行ったあとだ。ああ、当然のことだが、琉思に気取られるなよ」

どのようにことを運べば、もっとも楽しい展開になるだろうか。考えをめぐらせつつ、藍堂は火韻を送り出した。

いつもの火韻なら、寝台に転がって目を閉じれば、十も数えないうちに眠ってしまう。だがこの夜だけは、寝つけなかった。誰よりも大事な琉思に関わることだと思うと、目がさえて眠れたものではない。

布団をかぶってまぶたを閉じ、いつものようにすぐ眠ったふりをした。

寝衣に着替えるのを手伝ったり、眠る前の飲み物を用意したり、あれやこれやと世話を焼いてくれていた琉思が、小声で話しかけてくる。

「火韻様……もう、お休みですか？」

返事をせずに寝息を立ててみせると、琉思はほっとしたような溜息をこぼして、隣の小部屋へ下がっていった。薄い扉一枚隔てただけなので、耳を澄ましていれば物音は聞こえる。

小部屋へ下がったあとは寝ているものだとばかり思っていたのに、衣擦《きぬず》れの音のあと、また扉が開いた。小さく咳払いの音がしたのは、自分が眠っているかどうかを確かめるためだろうか。反応せずに我慢していると、扉は閉まった。そのあと、通路側の扉を開けて出ていく気配がする。

（琉思、どこへ行くんだ？　やっぱり皇太子のところか？）

今までもこうして、自分が眠ったのを確かめてから、出かけていたのだろうか。跳ね起きて追いかけたい気持ちを懸命に抑えた。今追いかけて問い詰めても、きっと琉思は今までに尋ねた時と同じく、白を切るだろう。だからこそ今日の昼間、皇太子に当たってみたのだ。

二百数えた。琉思は戻ってこない。火韻は起き上がり、さっき袖《そで》を通したばかりの寝衣を脱いで普段着をまとった。じりじりしながら、藍堂が言っていた迎えを待つ。

小半刻《こはんとき》ほどのちに衛兵二人が現れ、火韻を部屋から連れ出した。

「遅いぞ。琉思はずっと前に部屋を出ていった」

待たされた苛立《いらだ》ちをぶつけてみたが、火韻の横に立った兵士は抑揚のない口調で「お静かに」と言っただけだ。

腹は立つけれど、どちらの兵士も自分より一尺近く背が高いし、腕は丸太のようだし、見るからに屈強そうだ。締め上げて、琉思がどこで何をしているのか吐かせるのは無理だろう。おとなしくついていくしかない。

途中何度か、警備や巡視の衛兵と行き合ったが、火韻の左右を固める兵士が、何か命令書のようなものを見せて一言二言話すと、咎めることなく三人を通した。

(琉思も同じように、自由に通行できる書類を渡されてるのかもな)

そういうことができる権力を持っているのは、皇太子だろう。昼間に話した時には勿体《もったい》ぶって言わなかったが、やはり藍堂が琉思に何かしているに違いない。

皇太子の住む棟へ入り、奥へ奥へと進んで、ある扉の前にたどり着いた。隙間から漏れてくる甘ったるいにおいに、火韻の鼻がひくつく。

「なんだ、ここ……?」

「お静かに。ここから先は、決して声を立てぬようにしていただきたい」

「なんだって?」

「声だけでなく足音もです。守ってくださらねば、大事な従者には二度と会えますまい」

脅されるのは腹立たしいが、琉思の身が案じられる。

「わかった。ずっと声を出さなきゃいいんだな?」

確認した火韻に兵士たちは軽く黙礼した。扉を開け、火韻を中へ入れる。

衝立《ついたて》に遮られて、室内の様子はわからなかった。くすくす笑いや、荒い息づかいや、湿ったものがぶつかるような音が聞こえてくる。甘い香りが濃厚すぎて、胸が悪くなりそうだ。

顔をしかめた火韻に、兵士が低い声で念を押した。

「もう一度確認しますが、ここから先、ただの一言でも声をお出しになれば、従者は戻りません。おわかりなら頷いてください」

仰々しいやり方にうんざりして、火韻は無言のまま頷いた。兵士たちが火韻を衝立の陰から室内へと連れ出す。

「……っ!?」

室内の様子に、火韻は息をのんだ。

壁にかけられた無数の紅灯《こうとう》が、妖《あや》しい薄桃色の光を室内に投げかけている。その明かりが照らし出すのは、肌もあらわな女たちだ。いや、よく見れば男も混じっていた。裸身をからませたり、自堕落に寝そべって酒を呷《あお》ったりと、淫らとしか言いようのない光景を目にした瞬間、火韻の体がカァッと燃え上がった。なんだこれ、と叫びそうになり、慌てて口を両手で押さえる。顔中が熱い。

(な、なんだよ、こんなヤラしい……くそっ、あの変態!)

初めて会った日、琉思を無理矢理連れていこうとしていたのを見て以来、藍堂は危険な色魔だと思ってはいた。しかしここまでの変態だとは思わなかった。

(まさか、この中に琉思が……!?)

そう気づいて周囲を見回す。が、目に入るのは裸の女の乳や尻ばかりだ。火韻はうろたえて、うつむいた。顔がますます熱くなり、汗が噴き出してくる。くすくす笑いが大きくなった。「可愛い」とか「初《うぶ》なのね」という声が聞こえた。

(く、くそっ。笑うな。……でも、琉思はいないな。いたら絶対に見逃さない)

自分が琉思を見落とすわけはない。しかし琉思がいないのなら、なぜ自分はここへ連れてこられたのだろう。そう思った時、部屋の奥に扉があるのに気がついた。衛兵は自分の肩を押し、そこへ向かわせようとしているらしい。

先に立った兵士が、音を立てずに戸を開け、火韻を招じ入れた。

「……っ！」

火韻はその場に硬直した。

部屋を占領した巨大な寝台の上で、体をつなげ、激しくもつれ合っている二人がいる。

あぐらをかいた大柄な男が、ほっそりした人影を膝に乗せて、揺さぶっているようだ。最初は女かと思ったが、体がこちらを向いているので胸が平らなのがわかった。後ろ手に縛られているのか、腕の向きが不自然だ。細い首が折れそうなほどのけぞっているので、顎しか見えず、顔はわからない。

慌てて目を逸らしかけたけれど、すぐ気がついた。

（皇太子……‼）

あぐらをかき、自分に向かって挑発的な笑みを浮かべる男は、藍堂だ。

（ってことは……まさ、か……？）

心に浮かんだ疑念は、恐怖に近い。声を出すなと注意されていたが、出したくとも出ない。舌が上顎にくっつき、口の中はからからだ。

藍堂が口元を歪めて笑い、膝に乗せて揺さぶっていた青年の髪をつかみ、火韻の方を向かせた。

青年は布で目隠しをされていた。けれど、頬から顎の線や、まっすぐな鼻筋は見える。背格好もわかる。見覚えがある。だが、認めたくない。

(嘘、だ)

琉思の、薄くて形の整った唇は、いつも優しく微笑んでいるのだ。だらしなく唾液をこぼしたりしない。

「あっ、ぁうっ……ん！　はぁあ、ぅ……‼」

声を荒らげることさえめったにない琉思が、あんなに淫らに喘ぐはずはない。乱れた髪が肌に張りつくほど、汗まみれになるわけがない。

(違う。違……あんなの、琉思のはずは……)

藍堂はこちらにニヤニヤ笑いを向けながら、青年の髪を離し、股間へ手を伸ばした。立ち上がった肉茎をつかまえ、先端に爪を立てる。

青年が再びのけぞった。

「ひぁっ！　やっ、やめ……‼」

「やめ？　何を言おうとした。やめてほしいのか？　いやなのか、嬉しいのか、どっちだ」

藍堂が問いかけると、狂ったように身悶えていた青年が、びくっと身を震わせる。荒い息の合間に、声を絞り出した。

「う、嬉し、ぃ、ですっ……どうか……どうか、お続け、くださ、い……っ。やめない、で……皇太子に、選んでいただけ、て、光栄……」

うわずって、とぎれとぎれだったけれど、この声を聞き間違えるわけがない。ずっと自分のそばにいてくれた、優しい守り役の声はいつどこであっても聞き分けられる。今まではただ、認めたくなかっただけだ。

　皇太子に嬲《なぶ》られているのは——琉思だ。

「う……うぁあああーっ！」

　喉《のど》から絶叫がほとばしった。

　その瞬間、藍堂に貫かれていた青年が、雷に打たれたように身を震わせた。

「火韻、さ、ま……？」

「声を出すなと言っておいたのに。琉思、お前の主はよくよくの馬鹿だな」

　嘲笑《あざわら》い、藍堂が青年の目隠しをむしり取る。現れた顔は、やはり琉思だった。

　一瞬前まで、汗と唾液に汚れ、淫らな喘ぎをこぼして紅潮していた顔が、今は血の気を失って、石膏《せっこう》細工のように白い。これ以上開けないほど大きく両眼を見開き、火韻を見つめていた。

　その琉思の顔が、がくがくと揺れた。藍堂が下から突き上げたのだ。

「誰が休んでいいと言った？　ちゃんと腰を使え。それとも、俺にやめてほしいのか？」

「ひっ！　く……ぁ、ああっ！」

「……やめろぉおっ‼」

琉思の喘ぎ声など聞きたくない。大声でわめき立て、火韻は寝台へ突進しようとした。しかし両脇を固めていた兵士たちが、素早く火韻を押さえた。

「放せ、放せぇーっ‼　よくも琉思を……殺してやる、絶対許さない！」

必死にもがいた。だが彼らの力は強く、囚われた腕はどうしても振りほどけない。足で蹴ろうとしたが、もう一人の兵士が素早くかがみ込んで、火韻の両足首に革紐を巻きつけ、動きを封じてしまった。さらに、床に突き倒されて後ろ手に縛られる。

琉思を責めながら、藍堂が笑った。

「声を出すなと何度も念を押させたはずだ。可哀想に、琉思はこんな場面をお前に見られたと知って、度を失っているではないか。……お前さえ声を出さねば、琉思はこんな恥ずかしい思いはしなくともすんだものを」

「嘘だ、そんなわけあるか！　琉思、無理矢理相手をさせられたんだろう⁉　琉思！」

返事はない。事態を理解できないまま殺された者のような顔で、琉思は言葉もなく、火韻を見ている。

藍堂が口を挟んできた。

「恥ずかしいことを言わせてやるな。さっきその耳で聞いただろう、琉思は俺に惚《ほ》れているんだ。抱かれて嬉しいと言っていたじゃないか」

「嘘だ！　お前が無理矢理言わせたくせに‼　縛り上げて目隠しまでして、無理矢理じゃないなんて誰が信じるか！」

「頭が固いな。大人にはこういう刺激的な楽しみ方があるんだ。お前の姿を見たら、琉思の気が散るから、視覚を封じておいただけだ。……お前が知らなかっただけで、琉思にはこんな色っぽい顔もあるんだ。わかったか、ガキ」

「嘘だ、嘘だ、お前が権力ずくで琉思を……‼」

「うるさくわめくだろうとは思っていたが、予想をはるかに超えたやかましさだな。……黙らせろ」

藍堂の命令を受けて、兵士が火韻の口に布切れを押し込み、上から猿轡《さるぐつわ》をかませる。

「う、うぅっ……んーっ！　んぅうーっ‼」

やめろ、琉思を放せ——と叫んでいるのに、声はただの呻き声にしかならない。その自分の目の前で、藍堂が琉思の乳首をつまんでいた。

「やっ、ぁ……お、お許し、くだ、さ……」

「どうした、ここが好きだろう？　こうやってこね回されるのが気持ちいいと言っていなかったか？　ああ、そうか、指より、舌で舐めしゃぶられる方が好きか？」

「そん、なっ、こと……ひぁ！　許し、て……あっ、あぁ！」

「よく見ろ、火韻。これがいやがっている顔か？　無理矢理抱かれている奴が、こんなによがり泣くものか。気持ちよくてビンビンになっているのが、見えるだろうが。そら」

藍堂の言葉は事実だった。

琉思の肉茎は、天を向いてそそり立ち、止めどなく蜜をこぼしている。それを大きな手でしごかれ、背後から容赦なく突き上げられて、琉思が泣きじゃくっている。

やがて、低い呻き声をこぼしつつ、藍堂が琉思の体を引き寄せた。

「あ……熱、いっ……‼　ぅ、う……」

琉思が大きくのけぞって喘いだあと、びくびくと身を震わせた。握られた肉茎の先から、白い液体が弧を描いて飛んだ。

火韻はその光景を、床に転がったまま、見つめていた。

（なんだよ……なんなんだよ、これ……どうして、こんなことになってるんだ……）

藍堂が琉思の体を持ち上げた。達したあとでさえ大きな牡が、じゅぷっと淫らな音を立てて抜けていく。寝台に琉思を転がした藍堂は、火韻に後孔がよく見えるよう両足を上げさせ、片手で軽く腹を押した。琉思の後孔から、白濁液があふれ出す。

いまだに信じがたい思いの火韻を見下ろし、藍堂が笑う。

「色っぽい眺めだろう？　お前のようなガキに琉思は不釣り合いだ。……わかったら、俺によこせ」

火韻は藍堂をにらみつけ、首を振った。あれが琉思の本心であるはずがない。藍堂が無理矢理言うことを聞かせたに決まっている。

「やれやれ。仕方がないな。琉思の本性をはっきり教えてやらないと、わからんか」

藍堂は、琉思の手首の拘束を外し、突き落とすようにして寝台から下ろした。

「さあ、大事なご主人様のところへ行ってやれ」

言われるままふらふらと琉思は、縛られて転がされた火韻の前へ歩いてきた。ぺたりと床に膝をつく。

「すみません、火韻様……申し訳ありません、許してください。許してください……」

譫言《うわごと》のように言いながら、琉思は火韻を縛った紐をほどこうとする。だがその指は震え、眼はうつろだった。

（落ち着け、琉思！　謝らなくていいから、お前が謝ることなんか何もないから……‼）

声は出せない。眼で訴えたが、琉思には伝わっていないらしい。

「すみま、せ……火韻様に、こんな……こんなみっともない姿を、お見せして」

結び目は固く、琉思の震える指を受けつけない。火韻は自分で紐を引きちぎろうと手足に力を込めた。けれども紐は細いのに丈夫で、肉に食い込むばかりだ。

必死にもがいている時、藍堂の声が響いた。

「琉思。火韻と番《つが》え」

愕然とした。うつろな眼をしていた琉思の耳にも、命じる声は届いたらしい。びくっと身を震わせ、藍堂の方を振り返って見ている。

自分たちの反応を楽しむ表情で、藍堂は言葉を続けた。

「番えと言ったんだ。どちらが上でも下でも構わん」

琉思の顔は青ざめきっていた。命令は耳に届いているのかいないのか、小さい子供がいやいやをするように、首を左右に振るだけだ。

薄い長衣を羽織った藍堂が、舌打ちをして寝台から下りた。大股に歩いてきたかと思うと、琉思の腕をつかんで引き起こし、顔を平手打ちする。乾いた音が響いた。

(こ、この野郎……‼)

琉思に暴力を振るうなど、許せない。いや、藍堂が琉思に今まで行ったことだけでも、充分すぎるほどだ。だが猿轡をかまされ縛り上げられた身では、呻き声をこぼして、芋虫のように跳ねるのが精一杯だった。

にらみつける火韻に気づいたのか、藍堂が視線を向けてきた。

「これも、遊びの一種だ」

笑ってそう言ったあと、琉思の耳に何か囁く。

琉思の体がびくっと震えた。うつろだった瞳に光が戻ってきた。

火韻の胸が刺されたように痛んだ。藍堂は、琉思の意識を操作する方法を心得ている。もしかしたら、ずっと主としてともに過ごしてきた自分よりも、藍堂の方が琉思のことをよく理解しているのかもしれない。それを思うと、悔しくてならない。

「火韻、様……」

小さく呻いたあと、琉思が藍堂に取りすがる。

「お願いです、火韻様を解放してください。火韻様は何も……」

「何もしていないことはないだろう。そもそもそいつが俺に石を投げつけたことから、関わるようになったんだからな」

「で、でも」

「俺に抱かれてよがり泣く姿を見られたんだ、今更格好をつけることはあるまい。火韻と番え。お前が突っ込んでも、勃たせてからまたがってもいい。……どうしてもできないというのなら、俺はもうお前を抱かない」

藍堂の宣告を受け、琉思がはじかれたように火韻の方を振り返った。慌てて火韻は首を左右に振った。

(やめろ、琉思！　馬鹿なことするな……‼)

たじろいだ琉思から藍堂に視線を移して、にらみつける。返ってきたのは、面白がるような笑みだ。

「何か言いたそうだな。……おい、こいつの猿轡を解け」

兵士が素早く火韻のそばにかがみ込み、猿轡を外した。ぷはっと大きく息を吐いたあと、火韻は藍堂を見上げてどなった。

「いい加減にしろ！　目の前で、オレと琉思に変なことさせようなんて……そんなものが見たいのかよ、この変態‼」

「ふむ、俺に見られるのがいやなのか」

「当たり前だ！　人に見せたがる奴なんか、お前ぐらいだ！」

藍堂がにやにや笑って、琉思に視線を移した。

「喜べ、琉思。お前の主は、お前と番うこと自体はいやではないらしい」

「よ、余計なことを言うな、馬鹿！」

「否定はしないんだな」

火韻の顔が、燃え上がるように熱くなった。指摘されるまで気づかなかったが、確かに藍堂から『番え』と言われても、そのことに関する嫌悪は感じなかったのだ。ただ、この男の目の前で、そんな恥ずかしい行為をすることがいやだった。

藍堂に手を放された琉思が床にへたり込み、うなだれる。どんな顔をしているのか、火韻には見えない。たとえ見えたとしても、見る気はなかった。

勝ち誇ったような藍堂の声が降ってきた。

「お膳立てをした身としては、席を外してやるわけにはいかんな。……どうする、琉思。お前が決めろ。サルの意見は無視していい」

「誰がサルだっ！　琉思、いいからお前……」

火韻の言葉は途中で消えた。顔を上げて自分を見た琉思は、唇を固く引き結び、瞳に決意の色を浮かべている。

琉思がこんな目つきをしたのは、自分が知る限り一回だけだ。あれは、火韻が人質として帝国へ送られることが決まった時だった。

帝国から間諜と疑われるかもしれないから、従者は連れていかない方がいいと、王や重臣たちが皆言ったけれど、琉思は『火韻様の立場を悪くするようなことがあれば、その場で自決する』と言い張り、ついてきた。火韻としては一応止めたけれど、本当は一人きりで見知らぬ大国に行くのが心細かったから、嬉しかった。

「琉、思……」

「ご心配なさらないでください、火韻様。大丈夫です」

何がどう大丈夫だというのか、琉思の瞳からさっきの厳しい光は消え、代わりに限りなく優しい笑みが浮かぶ。

「皇太子。主たる火韻様を犯したり、その上にまたがるような無礼な真似は、私にはできません。代わりに口でいたしますゆえ、それでお許しください」

「口か」

一度は不満そうに呟いたものの、じっと琉思に見つめられて、藍堂は横を向き、ふんと鼻を鳴らした。

「無礼のなんのと言うような、立派な主か？　まあいい、口でやってみろ。その代わり、三発だ。三回、搾り取れ」

「ありがとうございます、皇太子殿下」

琉思が火韻のそばに膝をつき、袴の紐を解きにかかった。

「琉、思……」

「火韻様のお世話をするのが、私の仕事です。もしかしたら、私は……」

ずっと、こうしたかったのかもしれません――琉思がそう言ったように思え、火韻は大きく目をみはった。だが問い返すことはできなかった。琉思が火韻の袴をずらし、下着に手をかけたせいだ。

「あ……っ」

白く細い指が、下着の上から肉茎に触れてきた。掌《てのひら》全体で包み込むように優しく揉む。

「はぅっ！　や、やめろ、って……ぅう、んっ……」

制止しようとしたが、口を開けた瞬間、変な喘ぎ声がこぼれてしまい、一言やめろと言うのが精一杯だった。琉思には、手の中で高まる熱と震えが、はっきりと伝わっているはずだ。

意志とは無関係に、下半身が昂《たか》ぶっていく。

琉思に、淫らな感情を抱いたことなどない。ただ、優しく美しい琉思と一緒にいるのが心地よくて、いつまでもこんなふうに暮らせたらと願っていただけだ。それなのに、勝手に体が昂ぶり始める。

敏感な場所を手で愛撫《あいぶ》される刺激だけではない。視覚も刺激される。なにしろ自分のそばに膝をついた琉思は全裸だ。藍堂に貫かれ、汗みずくになっていた名残《なごり》か、顔には乱れた髪が張りつき、鳩尾《みぞおち》のあたりには、さっき放った残滓《ざんし》が生乾きになってこびりついている。

自分のような、髪が跳ねようが服に鉤裂《かぎざ》きができようが気にしない性格と違って、琉思はいつも身だしなみを整えている。それを思えば、今の姿は淫らで見苦しいはずなのに、嫌悪感は湧かない。それどころか、普段は決して見ることのない艶めかしさに、下腹が熱く疼いてしまう。

見るまいとして固くまぶたを閉じたけれど、今度は、先ほど目にした藍堂と琉思の絡み合う姿が、脳裏に甦《よみがえ》ってきた。

目を閉じることはできても、耳や鼻は塞《ふさ》げない。

鼓膜を叩く荒い息づかいは、両方の呼吸音だ。鼻孔を刺激するにおいには、精液と汗と、隣の部屋からにじんでくる甘い香が混じっている。

味覚以外のすべての感覚が、火韻の興奮を煽り立てる。

（だめ、だ……我慢、できな、い……）

頃合いと思ったのか、琉思が肉茎を包み込んでいた手を離す。熱を帯びて昂ぶりきった肉茎は下着の薄い布地をぴんと突き上げた。藍堂がせせら笑った。

「なんだ。『絶対許さない』などと偉そうなことを言っていたが、勃っているじゃないか。正直に認めたらどうだ。美形の従者に欲情していました、とな」

「ち、違う！　オレは、そんなんじゃ……‼」

懸命に否定した。けれども琉思の手が下着をずらすと、張り詰めた肉茎が天を向いてそそり立つ。

（くそっ……どうしてオレ、勃ったりしてるんだ。これじゃあいつの思い通り……）

悔しさに歯嚙《はが》みする火韻に、琉思はいつも通りの優しい声をかけてくる。

「火韻様。どうぞ、お気持ちを楽になさってください」

びくびく震える肉茎に手を添えて、琉思が先端を口にふくんだ。

「……っ！」

思わずのけぞった。今までは、自分の手でしごいたことしかない。

十七になったばかりの時に、そろそろ妻を娶ってはという話が出たことはあった。しかしそのすぐあとに、今まで帝国へ人質に行っていた太后が病んだため、第二王子の火韻と交替させる案が出た。そのため縁談は立ち消えになり、火韻は性に関して一切経験を持たないまま、堯帝国へ来たのだ。

未経験の体にとって、温かく濡れた口に包まれる感触は、気持ちよすぎた。

「ん、ぅうっ……ぐ、ぅ……」

必死に歯を食い縛り、火韻は耐えようとした。

(なん……なんなんだ、これ……っ)

やわらかな粘膜が、しっとりと火韻の肉茎を包み込み、軽く吸う。濡れた舌が、先端を丁寧に舐め回し、笠の裏のたるんだ皮をほぐすようにうごめく。気持ちよすぎる。

これに比べれば、自らの手で得られる快感など、児戯に等しい。

温かい息が、腿《もも》の付け根や下腹にかかる。鼻で呼吸する音と、ぴちゃぴちゃと舐め回す音が混じって、火韻の鼓膜を刺激する。

琉思がこんなふうに頰を紅潮させているのも、額に汗を浮かせているのも、めったに見たことがない。まして、薄くて形のよい唇から唾液をこぼしながら、牡を口いっぱいに頰張り、しゃぶり回す姿など、想像したこともなかった。

肉茎に与えられる快感と、琉思の淫らな姿が、火韻を熱くほてらせる。藍堂に見物されているという屈辱さえ、逆に快感を増幅するかのようだ。

(いけない、こんなことで興奮してイったら、オレも、藍堂と同じになっちまう。……で、でもっ……!!)

気持ちよすぎる。片手を自分の肉茎に添え、落ちかかる黒髪をもう片方の手でかき上げながら、口で奉仕する琉思が、あまりにも扇情的すぎる。上品で聡明で優しい従者に、こんな淫らな顔があるなど、今まで知らなかった。

「や、めっ……」

もうやめてくれと訴えるつもりで、呻いた。しかしその瞬間、琉思はもの言いたげな瞳でこちらを見つめながら、肉茎の先端にある小孔《こあな》に、尖らせた舌先を押し込んだ。

「……っ⁉」

今まで味わったことのない感覚が、肉茎から背筋へ伝わり、駆け上がる。脳が真っ白に発光した。腰がびくびくと震える。熱い液が自分の中から迸《ほとばし》るのを感じた。

その液体を、琉思はすべて受け止めた。さらに、それを口に溜《た》めたまま、火韻の尿道に残ったどろどろの液までも、ちゅるっと淫らな音を立てて吸い上げる。肉茎から口を離したのは、精液をすべてすすり上げたあとだ。

琉思は、汗に濡れた頬に張りつく髪をかき上げ、藍堂に視線を向けた。

喉を鳴らして、口中の液を飲み下す。舌先を覗かせ、唇に付着した白濁を舐め取る姿は、凄絶《せいぜつ》なほど艶めかしい。

藍堂が満足げに頷く。

「これで一回か。……火韻、俺をさんざん罵《ののし》ったわりには早かったな。琉思の舌づかいはなかなかのものだろう？」

反論などできなかった。出したばかりなのに、自分の昂ぶりはまだ収まらない。さっきよりも一層熱く張り詰める。美しい従者が、唇についた白い粘りを、舌で舐め取るのを見た瞬間、腰が爆発しそうなほど熱く疼き、再び昂ぶってしまった。

（なぜ……？　出したばっかじゃないか。なんでオレ、琉思を見て、こんな……）

だが今の琉思は、自分がよく知っている顔とは違う。瞳だけはいつも通りに優しいけれど、汗まみれの頬も、濡れた唇も、見る者の腰を溶かすほどに艶めかしい。まして、細くて器用な指で触れられたら――。

「う、ぅ……っ……」

「火韻様、すべて私にください。どうぞ、何も我慢なさらずに」

そう言うと、琉思は火韻の股間に再び顔を伏せてきた。淫らな音を立てて、しゃぶり回す。片手が火韻の袋を優しく揉み、腿の付け根や腰骨を撫《な》で回す。

「や、やめろよ、琉思！　もう、そんな真似っ……ふぁっ⁉」

制止の言葉が続かない。いきり立った肉茎を、頬の内側でしごかれたら、体が勝手にのけぞってしまう。

「やだ……オレ、お前に、こんなことしたいわけじゃ……あ、ぁっ……」

呻いたが、琉思はやめてくれない。濡れた舌の感触が気持ちよくて、鼻にかかった喘ぎがこぼれてしまう。

「……お前ら、二人だけで楽しむな。俺も混ぜろ」

苦笑混じりの藍堂の声が聞こえた。

　火韻のそばに這って口腔奉仕を続ける琉思の後ろに回ったかと思うと、尻肉をつかむ。琉思は無抵抗だった。それどころか、誘うように腰をより高く上げた。

「素直だな、琉思。……二人で楽しむなとさっき言ったが、今のままでは、悦《よろこ》んでいるのは火韻一人だけか」

　笑いながら藍堂は、小壜《こびん》を火韻に見せつけるように軽く振った。

「よく見ておけ、火韻。琉思を悦ばせてやる時は、こういうふうにするんだ」

　蓋《ふた》を開け、中のとろりとした液体を指にこぼしてから、藍堂は琉思の尻に手を当てた。どういうふうに手を動かしているのかは見えない。けれど琉思がぴくっと身を震わせ、さらにそのあと切なげに眉根を寄せたのは見えた。それでも藍堂に逆らうそぶりは一切見せない。高く上げた腰が、何度も跳ねる。

「やめろ……もう、やめろ、よ……」

　口から漏れた声は、我ながら弱々しかった。藍堂と琉思のどちらを止めようとしているのか、もう自分でもわからない。けれど、自分にはどちらを止めることもできないのだ。無力感が反抗心を押しつぶし、そうやってできた心の隙間に、快感がしみ入ってくる。

　くちゅくちゅと、いやらしく湿った音に混じって、藍堂の声が聞こえた。

「ふふ……最初の頃が懐かしいぞ。どこをどう使うのかもわからないほど初だったのに、俺のものにむしゃぶりついて、不器用に舐め回してきた」

琉思は返事をしない。火韻の昂ぶりをくわえているのだから、できるわけがない。それでも、朱が差した頬や震える睫毛《まつげ》を見れば、羞恥を感じているのは明らかだ。いや、羞恥だけではないのかもしれない。寄せた眉根や、火韻の肉茎から唇を離した時にこぼす甘い吐息は、明らかな快感を示している。

「今では、すっかり味を覚えてしまったな。ここも、俺の指を食いちぎりそうなほど締めつけてくるくせに、必要とあれば力をゆるめて、あっさり指を飲み込む。……ここか？　こうしてほしいんだろう？」

「ん、むぅっ……ふ、ぅん……」

火韻の肉茎を頬張ったまま、琉思が喘ぐ。

自分の脚に雫《しずく》がしたたる感触を覚えて、火韻は頭を起こした。琉思の肉茎から、ぽたぽたと先走りがこぼれ落ちていた。藍堂の愛撫で感じている証拠だった。

琉思がこんな淫らな姿になるなど――それも藍堂に弄ばれてよがっているなど、認めたくない。なのに自分ときたら、琉思の舌と唇によって引き出される快感に、抗えずにいる。肉茎は限界まで張り詰めて、今にもはじけてしまいそうだ。

「そろそろいいか」

呟いて、藍堂が琉思を犯していた指を引き抜き、腰をつかまえた。

「……ん、ぅう！」

琉思が呻く。背後から突かれた気配が、くわえられている火韻にまで伝わってくる。琉思の表情が、一層艶めかしく変わり、甘い気配を帯びていく。火韻が初めて見る顔だ。藍堂は琉思がこんな表情で反応することを知っているのだろうか。今まで何度も琉思を抱いて、こんな顔を見てきたのか。それを思うと悔しい。

だがその悔しさでさえ、体の反応を止めることはできなかった。

「ふっ、う……ぅん……っ」

琉思が眉間に縦皺《たてじわ》を寄せ、いったん火韻の肉茎から唇を離し、ごくりと喉を鳴らした。火韻の肉茎からあふれ出た先走りを、飲み下したらしかった。

そのあと再び、火韻の肉茎に口をつけた。舐め回し、吸う。肉茎を口で愛撫するだけでなく、袋越しに宝珠を優しく撫でたり、腿の付け根に頬ずりしたりもする。緩急をつけた快感に全身がたぎりたつ。息は荒く熱く、速い鼓動を刻む心臓は、今にも破れそうだ。

（や、やばい……また、出ちまいそう……）

温かく濡れた琉思の口に包まれて、自分自身がびくびくと震え、大きさを増すのがはっきりわかる。――こらえきれない。

「あ……はぅうっ！」

体をそり返らせ、火韻は再びほとばしらせた。

琉思がくわえていた肉茎を離し、片手で口元を覆ってむせる。放つ瞬間に肉茎が喉の奥を

突いたか、あるいは精液が気管に入ったのか。

「二発目か。……琉思、お前はどうする。そろそろイきたいか？」

勝ち誇った声がする。琉思が咳《せ》き込《こ》む間も、藍堂は突き上げるのをやめていない。

結局自分は、藍堂の思い通りに動いてしまったと思うと、悔しさが敗北感に変わる。喘ぐ琉思の顔を見ていたくなくて、火韻はまぶたを閉じた。涙が頬を伝って、こぼれ落ちた。

3

皇太子の暮らす棟を出て、自分たちの居室に戻る間、火韻はずっと無言だった。琉思としても、どんな言葉をかけていいのかわからない。

藍堂が火韻を巻き添えにすることなど、予想もしていなかった。

（あとで、皇太子に申し上げなければ。私が身を任せれば、秘密を守ってくださるという約束だったはずだ。火韻様を巻き込むなど、話が違う）

しかし今は、主の心を慰めるのが先だ。ふらふらと足取りさえも定まらない火韻を、琉思は部屋に連れ帰り、寝台に座らせた。下級の召使いたちを下がらせて二人きりになる。

「どうお詫びしても、許していただけるとは思いませんが……本当に申し訳ありません。火韻様を巻き込むことになるとは、思わなかったのです」

琉思は床にひざまずいて詫びた。寝台に腰を下ろしてうなだれたままの火韻が、常にない細い声で呟く。

「なぜだ？　どうして琉思が、あいつの言いなりになってるんだ？」

今まで聞いたこともない哀しげな口調に、琉思は胸を突かれた。今夜のことはそれほどに火韻の心を傷つけたらしい。申し訳なくて、床に額をすりつけずにはいられない。

「申し訳ありません！　二度とこんなことがないよう、皇太子には固くお願いしておきますから……」

「オレはそんなことを言ってるんじゃない！　どうしてお前が、あいつの嬲り者にされてるのかって、訊いてるんだ！　なぜなんだよ、いつの間にあんなことに……‼」

寝台から下りた火韻に、腕をつかまれ引き起こされた。

「あいつに無理矢理、言うことを聞かされたんだろう？　初めに庭で会った時、お前を連れていこうとしてたのを、俺は見たんだ。知ってるんだ。下心があったに決まってる」

自分を問い詰める火韻の両眼からは、今にも大粒の涙があふれ出しそうだ。気圧《けお》されて口ごもりながらも、琉思は懸命に否定した。

「違います。脅されてなどいません」

「嘘だ！　そうでなくて、お前があんないやらしい真似をするもんか！　あいつが脅したんだろう。皇太子って立場ならなんでもできる。お前に無実の罪を着せるとか……いや、もしかして、お前じゃなくオレか？」

火韻は不意に何かに思い当たったように顔を歪めた。

「お前まさか、オレをネタにして脅されたんじゃないだろうな？　オレの待遇を悪くするとかなんとか……」

危ないところを突かれ、琉思は見えない手で心臓をつかまれたような心地になった。

（……いや、大丈夫だ。火韻様はまだ、高宝王子の裏切りをご存じない）

どう言い繕えばいいかと考えている間に火韻は一つ溜息をつき、苦しげに瞳を伏せて言い出した。

「琉思。お前、オレを置いて逃げろ」

「な、何を仰いますか。私は火韻様の従者で……」

「だからさ。オレは呂が帝国に送った人質だから、逃げるわけにはいかない。でもお前はただの従者だ。お前一人なら、いなくなっても帝国が必死でつかまえようとしたりはしないだろ。なんならオレが『クビにした』って言ってもいい。……皇太子のクソ馬鹿野郎が、またお前にヤらしいことをする前にさ。逃げちゃえよ」

それがもっともいい方法だと火韻は判断したらしい。

琉思は返事に窮した。呂の第一王子が帝国を裏切っているという話を、まだ火韻に打ち明けてはいない。藍堂の話が事実かどうか、わからないからだ。確かめたくて国王宛に手紙を送ったが、返事はまだ来ない。自分の手紙が王に届く前に握りつぶされたか、あるいは王からの返事が邪魔されたのか。

（裏切りが事実なら……火韻様こそ、ここにいらしては危険だ）

藍堂が黙っていてくれても、皇帝の放った間諜が情報をつかんだら、それで終わりだ。そんな危地にある火韻を、一人残して逃げることなどできるわけがない。

琉思は首を横に振った。

「違うんです、火韻様は勘違いなさっておいでです。皇太子が仰ったではありませんか。私は自分から望んで、夜伽をさせていただいたのです」

きっと視線を上げ、どなるような口調で火韻が反論してくる。

「嘘だ！　最初の日、あいつにどこかへ連れていかれそうになって、お前が一生懸命抵抗してるのを、オレはこの目で……」

「あの時は火韻様をお待ちしていましたから、皇太子のお供をするわけにはいかなかった、それだけです。自分の楽しみのためにその役目を放り出すわけには参りませんから、あとで伺ってもよろしいでしょうかと申し上げたのです。でも皇太子は、それならいっそ、今から寝所に来いと仰って……火韻様がご覧になったのはその場面です」

苦しい言い訳だけれど、これで押し切るしかない。琉思は、自分が藍堂に惹かれ、自分から誘ったのだと火韻に信じてもらえるよう、言葉を並べ立てた。

「火韻様。公平に見て、皇太子は人品優れたお方だとお思いになりませんか？　逞しい美丈夫で、何度も戦に出ては手柄を立てておいでです。……ただ、火韻様を巻き込んでしまったことだけは、どんなにお詫びしても償いきれません。許してください。皇太子にも、二度とあんなことはなさらないよう、お願いしておきますから」

途中から火韻は反論をやめてしまった。納得してくれたのかというと、そうではない。顔を背け、拗ねた口調でどなった。

「もういいよ！　あいつのとこへ行っちゃえ！」

火韻は寝台に転がって背を向けた。

「どうせオレはガキで、頼りないよ。貧乏な小国の王子じゃ、帝国の皇太子とは比べものにならないんだ。あいつは誰が見たって大人だし、背も高いし……性格は最悪だけどさ。でも琉思が好きだって言うなら、勝手にしろ」

完全に拗ねている。藍堂と自分自身を比べて、劣等感に苛まれているらしい。琉思は手を伸ばし、髪を撫でた。

「火韻様と皇太子を比べることなどできません。日光と水と、どちらが大事かと問われるようなものです。皇太子に惹かれてはいますが、一番大事なのは火韻様です」

「オレは、嘘つきは嫌いだ」

「嘘など申しません」

呼びかけて、火韻をそっと背後から抱きしめた。硬い髪に頬ずりする。

「あの時、口でご奉仕していて、私は少しもいやではありませんでした」

これは本当のことだ。

藍堂から火韻と番うように命じられた時は、驚愕した。主に対して、そんな真似が許されるはずはないと思った。

しかし『火韻が処刑されてもいいのか？』と囁かれては、そうするしかなかった。

そして口淫《こういん》を始めて、気がついた。嫌悪や拒絶は、自分の中になかった。藍堂に見られながらの行為でも、構わなかった。口の中で硬く熱く昂ぶる火韻が、愛《いと》おしくてたまらなかった。――恋ではないけれど、自分は火韻を愛している。

「むしろ、これが正しい形だったんだと……私の望みは、火韻様と、主従の垣を越えて一つになることだったと、気がつきました。火韻様は、おいやでしたか？」

返事はない。自分の行為は、出すぎた真似だったのだろうか。琉思は不安になって、抱きしめた手をゆるめた。

「すみません。勝手なことを申し上げて……」

「馬鹿っ！」

体を離して起き上がろうとした瞬間、火韻がくるりと反転し、琉思を引き倒した。転がった琉思に馬乗りになる。

「オレだって、お前が好きだよ！　だからこそ……あんな奴の前で、見世物みたいな形で、お前としたくなかった！　あいつとからむなんて、最悪だ‼」

上になった火韻の両眼から、琉思の上にぽたぽたと雫が落ちる。主を泣かせた、申し訳ないという気持ちは確かにあるけれど、嫌われていない嬉しさの方が強かった。琉思は火韻の頬に指をすべらせた。

「よかった……私を、嫌いにならずに、いてくださるんですね」

目尻にすべらせた指先が、火韻の悔し涙に濡れた。琉思はその指先をそっと舐めた。火韻のすべてが愛おしい。

「当たり前だ。ずっと、ずっと大好きで、一番大事だったんだぞ。従者としてしか見たことなかったけど、でも……」

横を向いて視線を逸らし、涙に濡れた顔を真っ赤にして、火韻は呟いた。

「好きだ。誰にも、渡したくないよ」

「火韻様」

「だから、悔しいんだ。初めて気がついたのに、気がついた時には、お前はあんな奴にヤられていて……さっき言ったのは嘘だろう？　お前が藍堂なんかを好きになるなんて、ありえない。無理矢理だったんだろ？　お前、縛られて、目隠しまでされてたじゃないか」

「皇太子はあのような遊びを喜ばれます。……時々、子供のようなことをなさるんです」

「それをなぜお前が受け止めなきゃならない！」

叫んだ火韻が、琉思の襟に手をかけ、大きくはだける。胸肌には、藍堂がふざけてつけた唇の痕《あと》が、紅椿の花びらを撒《ま》いたように濃く薄く、点々と散っていた。

「畜生……‼」

悔しげに呻いて、火韻が琉思の胸に顔を伏せる。藍堂の痕跡を消そうとするかのように、唇を当てて強く吸った。胸から、鎖骨のくぼみ、喉へと、口づけの雨を降らせる。

甘い喘ぎをこぼし、琉思は火韻を抱きしめた。

「来てください、火韻様……おいやで、なければ……」

さっきは自分からの一方的な行為だった。火韻が自分を愛してくれているなら、もっと双方向からの形で、一つになりたい。

「琉思……琉思っ！」

狂おしげに名を呼び、火韻が唇を合わせてくる。むしゃぶりつくような乱暴さで顔を重ねられ、歯がぶつかって少し痛かった。そういえば自分の主は、性経験がなかったのだと琉思は思い至った。

（二度と火韻様を巻き込まないよう、皇太子に強く申し上げておかなくては）

初めての行為があんな異常なやり方だったなど、あんまりだと思う。火韻の心はどれほど傷ついたことだろう。

自分の初体験も、藍堂に脅迫され、あれこれ恥ずかしい思いをさせられてではあったけれど、一対一だった。巧みに快感を引き出され、あられもない反応を示したのは恥ずかしかったけれど、藍堂は自分に対して『脅迫されたのだから仕方ない』、『皇太子の命令だから、従うしかなかった』という逃げ道を用意してくれた。

自分は、火韻が心に受けたであろう傷を、少しでも癒《い》やすことができるだろうか。

唇を押しつけてくるだけの火韻に対し、自分から歯を開き、舌を出して、舐めた。震えた唇を丁寧に味わい、隙間を探る。口中へ舌をすべり込ませ、中を探った。固まって動かない火韻の舌を、あやすように、くすぐるように舐めた。

「ん……っ、ふ……ん、ん……」

頬に当たる火韻の息が、一層熱く、荒くなる。昂ぶっているのだろうか。

舌をからませつつ、琉思は片手で火韻の髪をくしけずり、もう片方の手を下へ伸ばした。火韻の袴の紐をほどき、中へ手を差し入れる。

触れた瞬間、肉茎がびくんと跳ねた。丁寧に手でしごきつつ、衣服を取り去っていく。

猛々しく自分を蹂躙《じゅうりん》する藍堂の牡に比べれば、頼りない。もともと色黒な顔や手足は日に焼けてさらに黒くなっているのに、下腹や肉茎の肌は本来の色のままだから、対比で生白く見えてしまう。可愛い、と感じて思わず微笑がこぼれた。

それが気に障ったのかもしれない。

「……くっ！」

呻いて、火韻が跳ね起きる。琉思を押し倒し、覆いかぶさってきた。

「琉思……琉思っ！　畜生、なんであんな奴に……‼　なぜオレじゃなかったんだよ⁉」

経験のなさを激情で補うかのような荒々しさで、火韻が琉思の腿をつかまえる。琉思は自分から脚を深く曲げ、うまく当たるように腰を浮かせて誘導した。

「あぁっ……ぅ……」

火韻が、入ってくる。性急な勢いで突き上げてくる。愛おしい主を抱きしめ、動きに合わせて琉思は腰を揺すった。

互いの体に挟まれて、琉思自身がこすれ、昂ぶっていく。

脚がからんだ。

運動を好むだけあって、引き締まったしなやかな筋肉だ。汗に濡れた素肌はなめらかで、若者らしい張りに満ちている。いつも着替えや湯浴みの世話をしていたのに、火韻の裸身がこんなふうだとは、今まで気づかなかった。

同じ筋肉質でも藍堂とは違う。彼の体軀は、硬く逞しい筋肉で覆われている。

比べるのはどちらに対しても失礼だと思いながら、体にしみついた藍堂の愛撫が、肌身に甦ってしまう。体も違えば愛撫の仕方も違う。琉思の反応を楽しみながら、じっくり焦《じ》らしていたぶるような藍堂の責め方とは違って、火韻は稚拙だけれど熱っぽい。

肉茎がびくびく震えて自分の中で大きさを増していくのが、愛おしくてたまらない。

「琉思……好きだ、琉思……っ」

うわずった火韻の声が、若さがむき出しの直線的な突き上げが、琉思の興奮を煽る。

「火韻、様……ぁ‼　来てっ……来て、くださいっ……」

愛おしさを抑えかね、琉思は火韻の背に爪を立てて喘いだ。その痛みが引き金になったのだろうか。張り詰めていた火韻の肉茎が、琉思の中で大きく震えた。

「うっ、ぁ、ああ……‼」

火韻が迸らせた。

さっき、藍堂の前で三回射精したというのに、中に注がれた液の感触は粘っこく、重い。

火韻が全身の力が抜けたように、覆いかぶさってくる。その体重と、汗まみれの素肌が密着する感触と、そして中に注がれた液の熱さが、琉思を絶頂へ追い上げた。

「ぁ、はぁ……ぅ……」

喘ぎ声をこぼし、琉思は重なった体の間にあふれ出させた。抱き合ったまま、二人はしばらく動かなかった。

心地よい疲労感と、満足感が体を浸す。白くとろける意識の中で、琉思は思った。

藍堂にあとで苦情を言わねばならない。自分に対してなら、どんなに淫らで屈辱的な行為でも従うけれど、火韻を巻き込むのは筋違いだ。もう二度としないでもらいたい。

(藍堂様があんな無茶をなさらなかったら、火韻様とこんなふうになることは、一生なかっただろうけど、親切心からの行動じゃないと思う。いったいなんのために藍堂様は、火韻様を巻き込んだんだ……?)

疲れた頭では、深く考えられない。

今度会った時には抗議して、理由を訊こう――そう思いながら、琉思は眠りに落ちた。

(……さて、昨夜の遊びはどういう結果になるだろう? 火韻はどう出てくるかな。しかし、なかなか楽しい夜だった)

朝の庭を歩く藍堂は、上機嫌だった。

乱交には慣れている。しかし今までの相手は、誰も彼も自分に媚《こ》びを売り、隙あらば他者を押しのけて、自分一人が寵《ちょう》を得ようとしていた。その点、火韻と琉思は違っていた。

(火韻の奴め。琉思にしゃぶられて、口ほどにもなく達してしまったではないか。……昨夜の経験が、屈折した敗北感になって、琉思を遠ざけようという気持ちになればいいんだが。そうなれば琉思は俺のものだ)

清らかで物静かな美形とばかり思っていた従者が、男に抱かれてよがり泣く姿を見せつけられたのは、火韻のような単純な頭の持ち主には効いただろう。しかも口淫によって射精させられ、自分も淫らな行為をさせられた。

(俺の前で恥を晒したことで拗ねて、琉思にも俺にも関わりたくないという気分になれば上出来だ。そうだな、駄目押しに今夜も、火韻と琉思を呼びつけて、遊ぶとしよう。さて、どんな趣向がいいか……)

淫らな計画を練りながら歩いていると、小鳥の声が聞こえた。正確には、鳥の声を真似た笛の音だ。藍堂が使っている間諜から、報告があるという合図だった。

お遊びから政治へと、すみやかに意識が切り替わる。

藍堂は木立のそばの石に腰かけ、呟きにもならないような低い声で問いかけた。

「動きはあったか? 皇帝は、呂の裏切りをつかんだか」

「まだです。ただ、皇帝が孟国に送った間諜が、怪しい動きをつかんだようです。網の動きを見張っていれば、どこの国と連絡を取り合っているか、いずれは明るみに出るでしょう」

「ふむ……呂と孟のつながりが知れるのも、時間の問題か」

藍堂は考え込んだ。

(火韻は邪魔だが、琉思との結びつきがまだ強すぎる。もっと琉思の気持ちがあのサルから離れたあとでないと、今変事が起きても、かえって二人を結びつけるだけだ。皇帝の間諜を

始末するか？　いや、無理だ。何人をどこへ送り込んでいるか、正確にわからないしな）

考え込んでいると、別の間諜が囁いてきた。

「藍堂様。よくない知らせがございます」

「ん？」

「皇帝の側室、延氏《えんし》が昨夜から産気づいております」

「何⁉　まだ、八ヶ月のはずだぞ」

「早産だそうです」

「……なるほど」

我ながら苦い声がこぼれた。まだ二ヶ月先だと思っていたが、その子供が無事に生まれたら——そして男児だったら、途端に自分の地位は危うくなる。

「引き続き、見張れ」

「は」

間諜たちの気配が消えたあとも、藍堂は座ったまま動かなかった。

（皇太子といっても、皇帝の気持ち次第でいつでも廃嫡できる。今まで俺が立ててきた戦功も、皇帝にとっては過去の話でしかない）

皇帝の子供は自分を含め、六人しか生まれなかった。うち二人は女だから、跡継ぎ争いには関係がない。残る四人のうち一人は生後半年で病死し、二人は死んだ。生き残っている男は自分一人だ。だから皇太子でいられるともいえる。

今、皇帝がもっとも寵愛している愛妾《あいしょう》の延氏は、きわめて野心的な女だ。彼女が孕《はら》んだという情報をつかんだ時から、危惧《きぐ》していた。生まれる子が女ならばいい。しかし男だった場合、愛妾の甘い囁きにとろけた皇帝が、自分を廃嫡して、赤子を新たな皇太子にする可能性は充分にあった。

（やはり、さっさと延氏を暗殺すべきだったか？　今からでも手配を……いや、あの女は用心深いし、うかつに刺客を送って失敗したら、こっちが尻尾《しっぽ》をつかまれる。焦って何かするのは控える方がいい）

生まれる赤子が女であれば、自分の地位はまだ安泰だ。たとえ男児であっても、生まれての赤子は弱い。一月たたない間に、病を得て命を落とすことも充分ありえる。あるいは出産に耐えきれず、延氏が死ぬかもしれない。後ろ盾のない赤子など、恐るるに足りない。すべては、赤子が生まれたという報告を受けてからのことだ。

（生まれる赤子が本当に父の子供かどうか、わかったものではない。八ヶ月の早産という話だったが……うむ、十ヶ月前なら皇帝は遠征中だった。本当は別の男の子供だという可能性は充分にある。しかしそこはあまり追及できないな。俺も、同じだ）

皇帝には種なしだという噂がある。

王妃以外に側室を何十人と後宮に蓄え、一夜の慰み者にした女は数知れない。それほど淫《いん》蕩《とう》な暮らしをしていれば、普通は子どもも数十人は生まれるだろうが、そうはならなかった。おそらく噂は当たっているのだろう。

死んだ母には、皇帝に似た顔の男を、子作りの相手に選ぶだけの分別があったようだ。自分の目鼻立ちは若い頃の皇帝にそっくりだと、誰もが言う。

延氏に同じような配慮があったかどうかはわからないが、赤子の顔は、誰に似ているかよくわからないのが普通だ。寵愛する延氏から甘い言葉を耳に吹き込まれたなら、皇帝は赤ん坊を我が子だと信じるに違いない。

(とにかく、今は待つしかないな)

考え込んでいる間に時間がたってしまった。戦略会議の時刻が迫っている。衣服を着替え、自分が住まう棟を出た。

部下を引き連れ、長い長い通路を歩いて、議場へ向かっていた時だった。

「……っ⁉」

殺気を覚え、反射的に身をひるがえした。視界をかすめたのは白刃の光だ。

駆け寄ってきたのは、火韻だった。柱の陰に隠れていたらしい。護衛の兵士二人が、慌てて斬りかかったが、火韻の運動能力は彼らをはるかに上回っていた。床を蹴って跳躍し、兵士たちの頭上を飛び越える。

残る二人の護衛兵は、火韻の蹴りと肘打《ひじう》ちで跳ね飛ばされた。

「思い知れぇーっ！」

怒りに満ちた絶叫とともに、火韻が短刀を振りかざして突きかかってくる。

「ちぃっ！」

藍堂は舌打ちした。

（この馬鹿！　人目のあるところで、なんて真似をする……‼）

火韻の腕が立つのが救いだ。護衛兵には傷一つ負わせず、自分だけを狙ってくる。これなら、ごまかせる。一瞬の間に藍堂は策を組み立てた。

（手加減はできないな。なかなか強い。俺ほどじゃないが）

ただ一人の時に、不意を突かれたら危うかったかもしれない。しかし火韻が護衛兵四人をかわしている間に、迎え撃つ態勢が取れた。

藍堂は肩に引っかけていた長衣を、突きかかってくる火韻に向かって投げた。

「……っ！」

視界を塞がれ、火韻の動きが止まった。瞬《まばた》き一つにも足りない間だったが、充分だった。

「甘い！」

長衣越しに打ち据えた。狙い通り、首筋に入ったようだ。火韻が呻いてくずおれる。周囲に聞かせるために、藍堂は高笑いした。

「はっはっは、まだまだだな、火韻！　この程度では、俺には勝てんぞ！」

火韻は気絶したのか、目を閉じて動かない。うまく首筋に打撃が入ったらしい。これで、妙な反論を入れられることなく、自分の筋書き通りに話を運べる。

「いつどこで斬りかかってもいいとは言ったが、他人を巻き込むなよ。俺を倒さない限り、あの宝剣はやらん。賭《か》けに負けたくなければもっと精進しろ。……おっと、気絶したか」

口から出まかせを喋り散らした。これで見ていた者たちは暗殺未遂ではなく、火韻と自分が宝剣を賭けた勝負をしていたものと思うだろう。現に配下の一人が尋ねてきた。

「藍堂様、これは……暗殺ではないのですか？　暗殺なら、すぐに投獄して……」

「ははは、そんな物騒なことではない。言っていなかったか？　こやつは呂から都に留学している火韻王子だ。この年で、なかなか腕が立つ。俺にも勝ってみせると生意気を言うから、賭けをしたのだ。いつでも、どんな方法でもいい。俺に髪の毛一筋ほどの傷でもつけることができれば、宝剣をくれてやるとな」

配下たちはそれぞれに額を押さえたり、溜息をついたりして、控えめに不満を示した。

「そのようなお話、我々は伺っておりません」

「皇太子がどれほどお強いかは存じておりますが、危険すぎます。どうかご身分をお考えください」

返ってきたのは小言ばかりで、疑いの言葉はない。自分が咄嗟に作ったでたらめの話は、受け入れられたらしい。そうでなければ困る。火韻が、暗殺未遂の犯人として投獄されてしまう。

(しかし、この調子で何度も襲撃されてはかなわんな。ごまかすにも限度がある。釘を刺しておかないと)

藍堂は気絶している火韻を肩に担ぎ上げ、部下に命じた。

「いったん戻る。賭けは賭けだが、こいつにはきちんと決まりごとを説明しておかないと。そうそう、誰か、こいつの従者を呼んでこい。陶琉思という」

「しかし皇太子。もうすぐ戦略会議が……」

「少しぐらい遅れても構わん」

自分が暮らす棟に引き返した藍堂は、人を遠ざけて火韻と二人きりになった。暴れることがわかりきっているので、手足を縛ってから、活を入れた。

「うっ……いて、ぇ……」

「痛ぇじゃない、馬鹿。なんて真似をする。俺がごまかしてやったからいいようなものの、一つ間違えばお前、俺を暗殺しようとした罪で処刑されるところだぞ」

「う、うるさい！　処刑が怖くて、こんな真似できるか！　よくも琉思を傷つけたな、殺してやる‼　絶対に許さない！」

人払いしておいてよかったと、しみじみ思った。こんな台詞を他人に聞かれたら、自分がどんなに庇ったところで無駄になる。

床でびちびち跳ねて暴れている火韻を見下ろし、藍堂は溜息をついた。

「助けてやったのがわからないのか。俺が『賭けをした』と言い繕ってやったから……」

「恩に着せるな！　オレはお前を殺せたら……琉思を自由にしてやれるなら、殺されたって全然構わないんだ‼」

「……」

どうも、狙っていたのと方向が違う。淫乱な琉思に幻滅するか、あるいは、口腔奉仕に屈して射精した恥ずかしさから、琉思を遠ざけようとするものだと思っていたのだが、この言葉からすると、火韻に琉思を手放す気はないらしい。

（この際、火韻を暗殺犯として処刑させれば、琉思は俺のものに……いや、だめだ。これをやったら多分、琉思は俺を受け入れない。下手をすれば心が壊れる）

心に浮かんだ思いつきを撤回した。

琉思との約束は、『呂国の裏切りを皇帝に知らせないこと』だった。だから火韻に手を出すのは自由だと解釈したけれど、昨夜、火韻と番うように命じた時、心の負担に耐えかねて、琉思は危うく壊れかけた。自分の命令に従わないのなら、皇帝に呂の裏切りを伝える、そうなれば火韻は死ぬとにおわせたら、正気を取り戻した。

火韻を守るために正気に戻ったということはすなわち、火韻が死ねば琉思の心は壊れるということだ。

（……なんということだ。つまり琉思のためには、火韻を守ってやらねばならないのか）

琉思は火韻を守るために、無垢《むく》な体を投げ出して恥辱に耐え、火韻は琉思を解放するべく、処刑覚悟で自分を殺そうとした。理解できない。

（琉思は美しくて、実にいい獲物だ。だが自分の命を賭けてまで、守りたいようなものだろうか。自分が死んだら、無意味ではないか）

火韻の単純な頭に、納得できる答えが存在するとは思えなかったが、一応尋ねてみた。

「なぜお前は琉思のために、命を賭けようとする？　単なる従者だろう、なぜあいつを特別に思うんだ？」

「単なる従者なんかじゃない！」

「ああ、そうか。普通の従者とはヤらないからな」

からかった途端に、日焼けして真っ黒な顔が、はっきりわかるほど赤くなった。お前が命令したせいじゃないか、と言い返してくると思ったが、黙り込んでいる。もしやと思い、かまをかけた。

「部屋へ戻ってから、何回ヤった？」

「なっ……廊下で盗み聞きでもしてたのかよ⁉　このスケベ野郎！」

「ということは、やはり二人で楽しんだか」

火韻が首筋まで真っ赤になる。さっき言い返してきた元気はどこへやら、視線を逸らして何かごにょごにょもごもごと呟いている。

（単なる従者でなく、恋人同士なら互いに庇い合っても不思議はない……いや、違うぞ。火韻と琉思は、俺が会った時点ではただの主従だった。どちらも恋愛感情を意識してはいなかったはずだ。もしその気だったのなら、番うように言った時、もう少し乗り気な態度を見せただろう。それにたとえ恋人同士であっても、命を賭してまで庇うとは限らない）

やはり火韻と琉思の信頼関係は、理解できない。

（わからん。こんな関係は、普通ではない。……いや、待てよ。もしかしたら逆なのか？　俺が知らないだけで、世間一般では、こういう命がけの絆が当たり前なのか？　今まで、目にしたことはないのだが……）

藍堂は肘掛け椅子に深くもたれ、大きく息を吐いた。

「なぜだ？　俺にも多くの部下がいる。幼い頃から俺に仕えてきた者も多い。しかし俺には、自分の命と引き替えにしてまで、守りたいと思うような奴はいない。逆に、俺のために命を捨てる部下もいないだろう。いるとしたら、遺族に渡る恩賞目当てだ。……琉思とお前のような、互いのために命を捨てても悔いないような結びつきが、なぜ俺にはないんだ？」

自分が火韻に比べて劣るとは思えない。火韻と琉思のような関係が特殊なものならともかく、ありふれたものなのだとしたら、自分にも命を賭けて尽くす従者の二人や三人、いてもいいはずだ。

「知るか、馬鹿っ」

まだ赤みが引かない顔のまま、火韻が罵ってくる。こいつに訊いても答えは見つからないだろうと考え、琉思が駆けつけてくる前に、釘を刺しておくことにした。椅子にふんぞり返って、火韻を見下ろす。

「まあいい。それよりお前、二度と今日のような真似をするなよ。俺がごまかしてやったからいいようなものの、お前は琉思も投獄させるところだったんだ」

「り、琉思がなんで……関係ないじゃないか」

「だからお前はガキだというんだ。皇太子の暗殺事件だぞ。しかも犯人が呂から人質になりに来ている王子だと考えてみろ。たった一人で考えて実行したことだなどと、誰が思う？　協力した者、手を貸した者がいるはずだと、皆考える。その連絡係になりそうなのは誰だ？　王子の忠実な従者しかいないだろう」

「琉思は何もしてやしない！　俺が一人で……‼」

「馬鹿。お前の言い分に、耳を貸す者などいない。庇えば庇うほど、『従者が何か知っているから、調べられたくないのだろう』と勘ぐられて、あいつは拷問にかけられるぞ。たとえお前が自決しても無駄だ。背後にいるはずの協力者を探り出す手がかりは、琉思しかいない、あいつに白状させろ――そういう流れになる」

「だから、琉思は何も知らないし、何も関わってないんだってば！」

「そうだ。だから誰が協力者か白状できない。隠していると思われて、白状するまで琉思は拷問されることになる。鞭《むち》で打つか、石を抱かせるか、いや、琉思のあの見た目だ。もっと違う責められ方になるかもしれない。……そこまで考えたか？」

目をみはり、唇をわななかせた火韻の表情からすると、まったく考えていなかったのだろう。自分一人が処罰されるだけで、琉思は無事にすむと思っていたのに違いない。

（やはり、琉思を盾に取るとおとなしくなる。なぜだ？）

藍堂は立ち上がり、火韻の頭に足を載せた。火韻が魚のようにびちびち跳ねて抵抗する。

「何するんだ、やめろよっ！」

「人前でこういうことをされたとして、お前は抵抗してはならないんだ。琉思のためにな」

言ってやった途端に、火韻の動きが止まった。

「できるのか？　誇りも見栄も捨てて、帝国の皇太子に礼を尽くせるか？　ある意味、命を捨てる方が簡単だ」

「……っ……」

さすがに、すぐには返事ができないらしい。その時、扉の外から声がした。

「皇太子。呂の王子の従者を連れて参りました」

火韻の体がびくっと震える。藍堂は、「どうするかはお前が決めろ」と囁いて、椅子に戻った。扉の外に向かって、琉思だけを部屋に入れ、扉を閉めるよう声をかける。

「その従者を中へ入れろ。お前は下がっていい」

琉思が中に入ってきた。呼びにやった部下がどんな説明をしたのか、琉思の端麗な顔は青ざめていた。縛られて転がされている火韻に、一瞬苦しげな視線を向けただけで、すぐ藍堂に向き直り、ひざまずいて額を床にすりつける。

「申し訳ございません、どうか王子をお許しください……‼」

その姿を見つめる火韻もまた、苦しげな、やるせない表情だった。自分の行動が琉思に土下座させていること――さっきの藍堂の言葉は脅しでもなんでもなく、今度暗殺を試みたなら、琉思が拷問にかけられるだろうと、理解したらしい。今までの火韻なら、『琉思は関係ないんだ、土下座なんかするな』とわめいたに違いないが、黙って転がっている。

必死な口調で詫びの言葉を並べる琉思に、藍堂は声をかけた。

「ああ、わかったわかった。顔を上げろ。火韻なら、このぐらいのことはやるだろうと思っていた。咎めるつもりはない。それどころかこの俺が、周囲の目から庇ってやったんだ。ありがたく思え。まったく……あんなくだらん芝居をさせられようとは」

「申し訳ございません！」

琉思が再び床に額をすりつける。

「もういい。火韻にもたっぷり言い聞かせたからな、二度と馬鹿な真似はするまい。……そうだな、火韻？」

口元を悔しげに歪めたものの、火韻は頷いた。

（ふむ……これはこれで、面白いな。野生動物を馴《な》らす時のようだ）

屈辱に打ち震えながらも従っている、という状況が、嗜虐心をくすぐるのだ。詫びの言葉まで引き出そうとは思わない。ある程度、反抗心が残っている方が火韻らしいし、自分も楽しめる。駄目押しに、言ってみた。

「今宵、二人でまたここへ来い。……断らないな、火韻？」

「り、琉思は、関係が……」

「馬鹿者。お前一人になんの意味がある。もともと俺が食指を動かしたのは琉思だぞ」

火韻を抱く気はさらさらない。あくまで、火韻に恥辱を与えるのが目的だ。今は藍堂への怒りで我を忘れているだろうが、そのうち、琉思さえ手放せば安楽で平穏な暮らしが戻ることに気づくだろう。

琉思にも釘を刺しておこうと思い、藍堂は琉思を伴って続き部屋に移った。お仕置きとして、火韻は縛って転がしたままにしておいた。

（隣の部屋で俺が琉思に何をしているか妄想して、不安に駆られてじたばたすればいい。……まったく、俺に刃を向けるなど、身の程知らずな）

もっとも、本当に濡れ場に持ち込む気はない。琉思と本番などやっていたら、楽しすぎて後を引き、会議に遅刻するだけではすまなくなる。

椅子にどっかりと腰を下ろし、前に立った琉思に詰問した。

「お前、サルにどんな話をしたんだ？　俺を待ち伏せて、刺し殺そうと図ったぞ」

「！」

「脅迫されて身を任せたとでも言ったのか？」

「とんでもないことです。確かに火韻王子は最初、皇太子が権力ずくで無理矢理私を従わせたのではないかと疑っていました。ですから私は、そうではないと申し上げました。皇太子との関係は、その……」

「口の中でごにょごにょ言ってはわからん。はっきり言え」

頬を赤らめて口ごもる琉思の風情は、征服欲をそそる。強い口調で問いただすと、視線を逸らして答えた。

「わ、私の方から、皇太子に恋焦がれて誘ったと、申し上げました。……王子に信じていただけたかどうかは、わかりませんが」

「信じていないに決まっている。だからあの馬鹿は俺を襲撃したんだ。もう一度、しっかり説明しておけ。お前が自分から俺に頼み込んで、抱いてもらっているんだとな」

「は、はい……申し訳、ございません」

恥ずかしいのか、頬を染めて落ち着きなく視線をさまよわせている琉思は、実にそそる。あとに控えているのが重要な戦略会議でさえなければ、この場で押し倒すところだ。

「ところで、気は変わらないか？　本当に俺に惚れたのなら、いつでも言え。火韻を捨てて乗り換えればいい」

「火韻王子を捨てるなど、何があろうとできません」

「真顔で否定するな。つまらん奴だ。……どう考えても納得いかんな。俺が火韻に劣っている部分など、ないと思うが」

琉思が困ったように小さく微笑んだ。

「皇太子がどれほど優れたお方かは、申し上げるまでもございません。もし火韻王子がいない世界でお会いしていたら、私は誠心誠意、皇太子にお仕えしていたと思います」

嘘ではないのだろう。

しかし現実には、火韻と先に出会ってしまったから、従えないという含みがある。瞳にも声音にも、母親が聞き分けのない子供に向けるような、慈しみの気配がにじんでいた。腹立たしいような、ほっとして膝枕でも命じたくなるような、妙な気分になる。

「ふん。年下のくせに……とにかく、今夜また二人で、俺に奉仕しに来い」

さっき火韻に告げた命令を、琉思にも言って念を押した。しかし琉思はすぐには承伏の返事をしなかった。瞳から、さっきの優しい光を消し、藍堂を見つめて抗議してきた。

「火韻王子が皇太子に刃を向けたことは、幾重にもお詫びいたします。ただ、これだけは申し上げねばなりません。王子を巻き込むなど、あんまりです。どうか、これからは私だけを対象にしてください。皇太子がお望みなら、私はどんなことでもいたします。ですから火韻王子には、もうこれ以上は……」

さっきまでは頬を赤らめておどおどしていたのに、火韻のこととなると芯《しん》の強さが表に出てくる。緊張に血の気が薄れた白い顔で、まっすぐにこちらを見つめてくる。

(これだから、こいつは……気が弱いだけなら、こうまで俺を惹きつけはしないのに)

琉思はなよやかに見えて、自分の意志を曲げない。『何かするなら自分だけに』という台詞を口にして、火韻と互いを庇い合っている。腹立たしいのを通り越して、どこまで続くのか見届けたいとさえ思ってしまう。

「お前との約束は、呂の裏切りを皇帝に伝えないこと、それだけだったろう?」

「確かにそうですが……‼」

「いやだったか、火韻と番うのは? 俺の前から下がったあと、二人で楽しんだと火韻が言っていた」

途端に琉思の顔が真っ赤になった。

「そ、それは……そういう問題ではなくて、私が申し上げているのは……」

「まったく。二人で楽しむんじゃない」

藍堂は腕を伸ばし、琉思の手首をつかまえた。膝の上に引き倒す。

「皇太子!」

「俺は仲人役だけ務めて手を引こうなどとは、考えていないぞ。やんちゃなガキに食指は動かないから、あいつを抱こうとは思わん。だがお前は別だ」

そう言って、琉思を抱きすくめ、唇を奪った。舌をからませ、ちぎれるほど吸う。舌をほどいたあとは、上口蓋をくすぐるように舐めてやった。琉思が身を震わせ、呻いた。

（いい反応だ。実にいい。……どうしてこんな日に限って、重要な会議なんだ。くそ）

惜しみながらも、唇を離した。

上気した顔で、ほぅっと息をつく琉思に向かい、「今夜二人で来い」と改めて命じ、火韻の拘束を解いて連れて帰るように言った。

（やれやれ、つい時間を取ってしまった。早く行かねば……）

しっとりとやわらかい唇の余韻を思い返してニヤニヤしながら、立ち上がった時だった。

「藍堂様」

どこからともなくひそかな声が聞こえてきた。今朝《けさ》の間諜だ。

「どうした？　何か動きがあったか」

「延氏の赤子が生まれました。男児にございます」

「！」

藍堂の体がこわばった。間諜は報告を続けた。

「八ヶ月の早産とは思えぬ、大きな産声でございました。母親の延氏にも、今のところ病の兆候はございません」

一番、望んでいなかった結果だ。

延氏は皇帝をせっついて、生まれた男児を跡継ぎにするよう迫るだろう。廃嫡を回避する手段は、おそらくない。苦い笑いが口元に浮かぶのが、自分でもわかった。

「始末できるか？」

「困難です。向こうも、こちらがそう考えることを予測し、守りを固めています。男児誕生を確認するのが精一杯でした」

「そうか……引き続き、見張れ」

「はっ」

間諜の気配が消えた。

会議の間へ向かいつつ、藍堂は心の中で考えをめぐらせた。

（さて、これからは油断できんな）

延氏の立場で考えれば、自分が生きている限り安心できまい。廃嫡だけでは飽きたらず、藍堂に罪を着せて処刑するよう、皇帝に働きかけるだろう。

藍堂の母が、そうだったらしい。二人の異母兄は、自分が幼い頃に死んだ。一人は反逆の罪を着せられて皇太子の地位を追われ、処刑された。もう一人は高楼から落ちて事故死した。証拠はないが、母が自分を跡継ぎにするために手を回したのだと、藍堂は思っている。

きっと延氏も同じことを目論《もくろ》む。

（厄介だな。火韻と琉思を、どうしたものか）

呂国の裏切り行為を隠していたことが明るみに出れば、皇帝が自分を廃嫡しようと考えた時に、いい材料になる。自分の保身を考えれば、即座に皇帝に報告し、火韻と琉思をとらえるよう進言すべきだろう。だが、

（……延氏が本気で皇帝を口説いて、赤ん坊を皇太子にしようとし始めたら、小国の裏切りを知らせたなどという些細《ささい》な手柄は、意味を持つまい）

みみっちい点数稼ぎで、琉思との約定を破りたくはない。

（まあ、一ヶ月くらいは余裕があるだろうが……）

赤子は弱い。無事に生まれたとはいっても、首が据わらないうちは、ちょっとした怪我や病気がもとで命を落とすこともある。延氏は我が子を守ることに全力を注ぐはずだ。自分に攻撃をかけてくることはないだろう。

（焦って俺を片づけたところで、自分の子供が病死でもしたら無意味だからな）

万一、この間に他の側室が孕んだりしたら、延氏はその女のために、邪魔になる藍堂を片づけてやっただけの結果になる。それで暗殺命令を下したのが延氏と明るみに出れば、踏んだり蹴ったりだ。その程度の計算はできる女だ。子供の健康状態が安定するまでは、手を出してはくるまい。

その間に、琉思と火韻をどうするか考えよう。

(……本当は、色事に関わっている場合ではないのだが)

そう気づいて、苦笑がこぼれた。いつもの自分なら、こんな窮地を迎えたなら、あの二人のことなどはさっさと意識から追い出して、身を守る算段をしているだろう。けれど今は、そうしたくない。自分の周囲にはなかった、火韻と琉思の絆を正しく理解するまで、あの二人を手放してはならない。でないと一生後悔すると、自分の勘が告げている。

目先の保身のために動くことなど、藍堂の矜持《きょうじ》が許さなかった。

4

(……皇太子は、何を考えておいでなのだろう)

呂国から届いた海産物の包みを抱えて通路を歩きながら、琉思は悩んでいた。考えても答えは出ないと知っていながら、それでも思い迷わずにはいられない。

火韻とともに藍堂の寝所に呼ばれるようになってから、半月が過ぎた。

藍堂は、火韻を抱くことはしない。藍堂を受け入れるのは、常に自分だ。それなら火韻抜きで、自分だけを弄べばいいようなものだが、それでは興が薄いのだと言う。火韻と二人で自分を共有するように、火韻に口で奉仕する自分を貫いたり、口と後孔を責めるのを交替したりする。

しばしば火韻に向かい『琉思を俺に譲れ』と口に出すが、その言い方は断られるのがわかっていて、尋ねているかのようだ。

(どうして毎回、あんなことを仰るのだろうか。意地になっておいでなのか……)

火韻の鬱屈《うっくつ》が溜まっていく様子なのが気になる。さらに、楽しんでいるはずの藍堂の瞳に、奇妙な翳《かげ》りがひそんでいるのも気にかかる。火韻に聞こえないところで、何かあったのかと尋ねてみたが、はぐらかされた。

(皇太子というお立場だから、私などにはわからない政治的な悩みなどもおありなのだろうけれど……それに、呂国の情勢も気になる。特産品を送ってくれるのはいいけれど、手紙にはありきたりなことしか書いていなかったし)

普段から、火韻王子が世話になっている人々に、呂国名産の干し鮑《あわび》や海藻を贈っている。だから故国から時々名産品が送られてくるのだ。それはありがたいけれど、添えてあった手紙には、高宝王子が帝国に隠れて北方の孟国と連絡を取っていることはもちろん、国王の病のことも記されてはいなかった。

だが以前なら添えられていたはずの、国王から火韻王子に宛てた愛情あふれる手紙がない。

王の病を火韻王子に知らせないため、何者かの手で手紙が抜き取られたのか、あるいは、王にはもはや手紙を書く気力体力もなくなっているのか。

（私や火韻様に、王の病を知らせる気はない……つまり、帝国に伝わることを警戒しているんだろうな）

皇太子から聞かされなければ、自分も知らないままだっただろう。

各方面に干し鮑を届け、残りは一包みになった。一際大きな包みは、皇太子のところへ届けに行くつもりだ。『あいつを、世話になっている人に数えるのか』と、火韻はいやな顔をしていたけれど、行かないわけにもいかない。

広い通路を歩いていくと、七、八人の集団が向こうから歩いてくるのが見えた。貴族か王族か、自分などよりはるかに身分の高い人々なのは間違いない。邪魔にならないよう、壁際に寄り、頭を垂れて待った。声高に喋りながら、一団が通り過ぎていく。聞こうとしなくても、内容が耳に入ってくる。

（皇帝に新たにお子が生まれて、その結果が……？　そんなことって！）

琉思は、自分の顔がこわばるのを自覚した。

進物を届けるだけで帰るつもりだったが、いやな話を聞いてしまっては、確かめずにはいられない。琉思は藍堂に目通りを求めた。幸い、藍堂は執務室で書類に目を通している途中だった。政務が終わるまで待つつもりだったが、『琉思なら構わない』という藍堂の一言で、中に通された。

「どうした、深刻な顔をして。人払いしてくれなどと言うから、俺に抱かれたくて来たのかと期待したのに、違うのか？」

「冗談を仰っている場合では……宮中の噂を聞きました。皇帝の側室、延氏に男児が生まれて、いずれはその若君が世継ぎに指名されるだろうとか」

さっきの貴族たちは、藍堂がやがて凋落《ちょうらく》すると思っているらしい。好き勝手なことを言い合っていた。

皇帝は過去に、愛情が薄れた寵姫を属国の王に下げ渡したり、気に入らない重臣を些細な罪を言い立てて追放したりしている。皇帝自身の意志が強いというわけではなく、周辺の人間から繰り返し強く説かれると、流されてしまうらしい。今回も、男児を産んだ側室に強く迫られたら、今の皇太子を廃嫡して、生まれたばかりの赤子を新しく皇太子に立てるかもしれない。

さらに、誰かが口にした放言が、琉思の不安をかき立てていた。

廃嫡しただけでは側室は安心できないだろう、藍堂皇太子はそのうち殺されるのではないか——そんな内容だった。

少し前なら、藍堂の耳に入るのを恐れて誰も口にしなかったような不遜《ふそん》な台詞が、当たり前に語られている。誰もが、今の皇太子はいずれ失脚すると考えている。藍堂自身はいったいどう考えているのかと、じかに会って確かめずにはいられなくなったのだ。

しかし藍堂は、にやにや笑いを崩さない。

「ほう、お前の耳にまで届いたか」

「笑っていらっしゃる場合ではないでしょう。大丈夫なのですか、皇太子」

「お前がそんな真剣な眼を向けてくるとはな。勢い込んでやってきたのは、俺が心配だったからか。なかなかいい気分だ」

「……っ……」

琉思は言葉に詰まった。

言われてみればその通りだ。他国に間諜を放って情勢を調べさせている藍堂が、国内の声に無関心などということはありえない。宮中の風向きは、とっくに知っていたはずだ。勢い込んで知らせに来た自分が、ひどく恥ずかしくなる。

「それとも、俺を心配したわけではなく、釘を刺しに来たのか？」

「は？」

「俺が地位を保つため、呂が孟が連絡を取っていることを皇帝に密告して、機嫌取りを目論むのではないかと案じて……違うのか？」

琉思はきょとんとして、藍堂を見つめた。

「密告なさったんですか？」

「するか。そんなみみっちい真似」

「そうですよね……」

「気が抜けるような反応をするな」

「申し訳ありません。思いつきもしなかったものですから」

「信用されていたことに、礼を言うべきか？　しかし本当に気抜けする奴だ。……お前が目通りを願っていると聞いて、てっきりその件だろうと思ったのに」

溜息をついて藍堂がこめかみを揉んだ。その姿を見ながら、琉思は思った。

（なぜだろう。噂話を耳にして、皇太子に会おうと思った時には、呂国が帝国を裏切っている件がどうなるかなんて、頭に浮かびもしなかった。ただ、皇太子がどうなるのかが案じられて……これはやはり、『心配だった』んだろうか？）

黙り込んでいる琉思を見やり、藍堂が鼻で笑った。

「まあいい。お前がどう思っていようと、今更点数稼ぎをしようとは思わん。やったところで無駄だしな。いずれ頃合いを見計らって、俺は廃嫡される」

「そんな……」

「事実だ。俺が生まれた時、母がやったことだ。それまで皇太子だった異母兄を、皇帝を説得して廃嫡させて、俺を皇太子に据えた。おそらく延氏も同じことをやる。俺が今まで立てた功績や、政治軍事の能力は一切関係ない。延氏がどれだけうまく皇帝を口説くかだ。……そうなる前に延氏か赤子を暗殺できればいいんだが、向こうも防備を固めていて、難しい」

「あ、暗殺⁉　相手は女子供ですよ！」

「それがどうした。毎日毎日、人は死ぬ。こちらの暗殺が成功しなければ、俺が廃嫡されて、いずれは殺される」

そう言われると、藍堂が暗殺計画を練るのを非難はできない。しかし、延氏の考えも琉思には理解できない。

「どうして廃嫡の上に、暗殺まで……遠ざけるだけで充分でしょうに」

「俺が生きていれば、いずれまた担ぎ出されて、幼い皇太子の地位を脅かすかもしれない。だから、廃嫡して地方の領地に行かせて、都から遠ざけたあとで、病死とか事故死とか、無難な形で殺すんだ。皇太子の将来を安泰にするためにな。……今回だけじゃない。俺の兄たちが死んだ時もそうだし、今の皇帝が幼い頃も、その前の代でも、同じようなことが繰り返されてきた」

強大な帝国の皇太子という立場は、あまりにも厳しいようだ。故国の呂でも、王族の間に確執はある。現に兄王子の高宝は、異母弟の火韻を見捨てて、帝国を裏切ろうとしている。けれど暗殺という言葉が無造作に飛び交う帝国の血なまぐささとは、比較にならない。

琉思はうなだれた。唇から勝手に呟きが漏れた。

「お願いです。どうか身のまわりに、お気をつけください」

言葉が出たあとで、声音の深刻さに自分で驚いた。藍堂も目を見開いている。

「どうした？　まさか本気で俺を心配しているのか」

「……そう、なんでしょうか」

「聞き返すな。お前のことだろうが」

呆《あき》れた口調で言われて、琉思は自分の心中を振り返った。

「そう、ですね。心配です」

「気のない答えだな。嘘でもいいから、『お慕いしています、心配でなりません』ぐらいのことを言ったらどうだ」

「心配なのは確かですが、お慕いしているわけでは……」

「わかった、わかった。お前はそういう奴だ」

藍堂が椅子の背もたれに身を預け、天井を見上げる。しばらくそのまま動かない。何か考え込んでいる様子だった。自分から押しかけてきておいて、帰れとも言われないのに暇乞《いとまご》いをするわけにはいかない。琉思は黙って待った。

四半刻近く、そうしていただろうか。藍堂が身を起こし、琉思を見た。

「心配の礼に、忠告してやる。火韻を連れて帝国から逃げろ」

「え？」

「皇帝はまだ、呂国の裏切りをつかんではいない。その代わり、北方の動静には神経を尖らせている。孟と連絡を取っている小国の一つ二つは、すでにつかんでいるようだ。呂の動きがばれるのも時間の問題だ」

「そんな……」

愕然とした琉思に、藍堂は奇妙に優しい眼差《まなざ》しを向けてきた。

「今まで結構楽しめた。その礼だ。お前と火韻の分の、偽の通行手形を作らせよう。俺に皇太子としての権力が残っている間に、帝国を出ろ。故国には帰れないだろうから、どこか新しい国へ行け。火韻はどこへ行きたいと言っている？　他国に頼れる親族はいないのか、嫁入りした姉とか叔母とか」

「いえ、それが……まだ、何も話していないもので」

「なんだと？　もう半月もたつのにか」

藍堂が呆れるのも無理はないが、琉思にも言い分はある。

呂が帝国を裏切ったことはすなわち、火韻が殺されても構わないと判断したことを意味する。見捨てられて、帰る場所を失ったと知れば、火韻はどれほど傷つくことか。

そして、一時の衝撃から冷めたあと、火韻は、琉思がなぜその情報を知っているのか追及してくるだろう。そうなれば、『その情報をもとに藍堂に脅されて、琉思は身を任せた』という推測にたどり着くのは、目に見えている。

「怒った火韻様が、また皇太子を襲うのではないかと、心配で……」

「それで、ずるずる引き延ばしていたのか。お前はどうも決断力が足りないな」

返す言葉はなく、琉思は黙り込んだ。その耳を、藍堂の強い声が打った。

「火韻を連れて帝国を出ろ、琉思。理由は脱出の直前に明かせば……いや、俺が言う。火韻のことだ、お前が制止しても耳を貸さないだろう。俺が引き受けてやる」

「しかし……」

「皇太子として命じる。いいな?」

「は、はい」

威厳に満ちた強い声を投げかけられ、反射的に従う返事をしてしまった。藍堂が頷いて微笑したあと、琉思を軽く手招く。内緒話でもするのかと思って歩み寄ったら、手首をつかまれ、膝に引き倒された。

「こ、皇太子⁉　ん、ぅっ……ふ……」

唇が重なる。いつも以上にじっくりと唇をついばみ、舌をからませる。頬の内側、口蓋、歯の一本一本に至るまで、舐め回された。琉思のどこが感じやすいのか熟知している舌は、巧みに動いて、快感を引き出していく。

唇を重ねているだけなのに、足の爪先まで甘いしびれが走り抜け、指がそり返った。

唾液の味も体温も充分知っているはずなのに、初めて口づけしたかのように、胸がときめく。全身が熱くなる。

(皇太子……もしやこれは、別れの挨拶なのですか……?)

体は快感にほてっているのに、妙な寂しさがこみ上げてきた。琉思は、自分から舌をからませ、強く吸った。驚いたのか、藍堂の体がぴくっと震える。

そのあと、生意気なと言わんばかりの勢いで、吸い返された。琉思の性技は、藍堂によって教え込まれたものだ。主導権は渡さないということらしい。この気の強さこそが藍堂だと思い、なんだか嬉しくなった。

どれほどの時間、どうしていただろうか。

藍堂が琉思を離した。膝から下りて椅子の前に立ったものの、足に力が入らず、琉思はふらついた。

「おい、大丈夫か?」

「も、申し訳ありません。ちょっと、足がもつれてしまって……」

「ずっと膝に乗っていてもいいんだぞ?」

からかう藍堂の口調は、いつも通りだ。けれど瞳には、今までとは違う、懐かしむような優しい色が漂っていた。

「本当は、突き止めたかった。お前と火韻が、なぜそんなふうに庇い合えるのか……なぜ俺には、そういう部下がいないのか。しかし、時間切れのようだ」

「皇太子……？」

「最初は、単にお前がほしかった。己の身を危うくしても、互いを守ろうとするお前たちを見て……不思議になった。金や名誉で釣ったり、苦痛や恥辱を与えたりすれば、どんなに親密そうに見える関係でも、簡単に切れてしまうものだと思っていたからな。だがお前は、俺に抱かれてよがり泣いても、ことがすんだ途端に、火韻の身の安全を念押ししてくる。どんなに快感を与えても、その時だけだ。心の底にはあのクソガキがいる」

よがり泣く、などとはっきり言われて、顔に火が走る。それでも黙って耳を傾けたのは、藍堂の声音に、いつものようなからかう響きがなかったせいだ。

「お前を責めて効果がないのならばと、火韻をいたぶってみても、これまた思い通りに運ばない。頭は悪いが、あいつはあいつなりに必死でお前を守ろうとする。いっそ火韻を殺せばお前が俺のものになるかとも思ったが……」

「皇太子！」

「わかっている、実行する気はない。火韻が消えれば、お前は壊れてしまう。壊れないとしても、決して俺のものにはならないだろう。そのぐらいは読める。それに、好みから外れすぎて抱く対象にはならないが、火韻は火韻で面白い。お前を間に置いて交わっているのは、今までにない新鮮な楽しさだった。……妙な話だ。今まで、何人もの美男美女を侍らせてきたのに、強情なお前と趣味ではないガキと、三人で過ごす夜の方がずっと面白いとは」

三人で交わった夜のことを言われると、恥ずかしさで体がほてり、胸が高鳴る。その一方で、藍堂の正直な告白に心を揺さぶられる。

自分ははたしてどうだったのだろう。

命令と取引で始まった関係だったけれど、藍堂のそばにいるのは、心地よくもあった。こうしろああしろと、強い口調で命令されて、何もかもを任せてしまうことが、普通なら不快だろうに、帝国へ来てからずっと気を張っていた自分には、逆に嬉しかった。決めたのは皇太子だ、自分にはなんの責任もないのだという、奇妙な精神の安定をもたらしてくれた。

胸の鼓動が高鳴る。

「皇太子、私は……」

「火韻を捨てられるか？」

言いかけた言葉を遮って問われ、琉思は返事に詰まった。

「できないだろう。なら、二人で逃げろ」

藍堂の言う通りだ。火韻と離れられない以上、帝国にとどまるわけにはいかない。うなだれた琉思に、藍堂は念を押すように言った。

「通行手形は明日できるから、取りに来い。しかし実際に脱出するなら、手形だけでなく、あちこちに根回しが必要だ。……そうだな、四日後がいい。俺は狩りに出る予定だ。大勢供や勢子《せこ》を連れていくから、お前と火韻も供に紛れて都を出ろ」

「皇太子は、どうなさるのですか。一緒に……」

「馬鹿を言え。俺はまだまだ逃げんぞ。お前たちとは立場が違う。暗殺が成功すれば、皇太子の地位は安泰だしな。逃げる必要などなくなる。だがさすがに、帝国を裏切っている小国の人質を、庇ってやれるほどの力はない。だからお前たちは、さっさと……なんだ？　騒がしいな」

藍堂が喋っている途中で、部屋の外から切迫した口調の声が響いてきた。扉越しでとぎれとぎれに伝わってくる言葉の中に、『呂国』、『反逆』などの単語を聞きつけ、琉思は息を詰まらせた。

藍堂が立ち上がり、戸口へ歩んで大きく扉を開く。

「何事だ、騒々しいぞ！」

「あっ……皇太子、大変です！　近頃しばしば呼び寄せておいでだった、呂の王子が……」

「火韻がどうした？」

不穏な気配を感じ取ったのだろう。藍堂の表情は険しい。扉の外にいた藍堂の配下が、緊張にこわばった声で答えた。

「火韻王子が、反逆罪で囚われ、投獄されました‼　出身国の呂が、ひそかに帝国を裏切り、孟と連絡を取っていたそうです！」

遅かった——琉思は凍りついた。

火韻の心を傷つけるのを恐れ、火韻が藍堂を襲撃することを恐れて、ずるずると引き延ばしてきた結果がこれだ。

目の前が暗くなる。

「琉思⁉　しっかりしろ、琉思！」

藍堂に抱き留められるのを感じながら、琉思は意識を失った。


気がついた時には、知らない部屋で寝かされていた。小姓の一人が外へ出ていき、すぐに藍堂を連れて戻ってきた。

「大丈夫か。……いいんだ、起きるな、寝ていろ。もともと体が丈夫でないところへ、体の疲れと心労が積もったせいだと、医者が言っていた。お前は、火韻が投獄された知らせを聞いて気絶したんだ」

倒れる前の状況が脳裏に甦る。あれは夢でも嘘でもなく、本当の出来事だった。

藍堂は小姓たちを部屋の外へ出し、二人きりになってから、部下が報告してきた内容を詳しく話してくれた。

皇帝の間諜は、呂と孟の間でかわされた密書を数通、手に入れたらしい。その書面には、単に親交を深めているだけなどという言い訳ではごまかせない、帝国との戦を前提とした取り決めが記されていた。報告を受けた皇帝は、呂の人質をすぐさま投獄するよう命じた。広い領土と豊富な資源を誇る孟は、あれこれと理由をつけて帝国の都に人質を送っていなかった。そのため、皇帝の怒りは呂国に集中した。

火韻はただちに地下牢へ入れられた。

「……琉思も一緒にいたら囚われただろうが、たまたまお前はここに来ていたからな。身分の低い従者までは、無理をして捜し回らなくてもいいだろう、放っておけという結論になったようだ。だからお前自身の身柄については、心配しなくていい。そうだな、服装だけは都風にしろ。俺の従者ということにしておけば誰にも咎められない」

心づかいはありがたいけれど、自分のことより火韻が心配だ。

「王子は……火韻様は？　どうなるのでしょうか」

「呂の裏切りがはっきりした以上、処刑は免れない。物忌みや祭事の日を避けて、五日後に処刑される」

藍堂らしくない、口ごもるような口調と伏せた瞳が、言葉はすべて真実だと伝えてくる。

琉思は上体を起こした。急に動いたせいか、体がふらつく。布団にのめり込みかけたのを藍堂が支えてくれた。

「まだ無理だ、起きるな。心配する気持ちはわかるが、どうにもならん」

「行かせてください。王子のところへ行かなければ……‼」

「お前が行ってどうなる。運よく逃れられたものを、わざわざつかまりに行く気か。火韻と一緒に処刑されるだけだぞ。俺はお前たちを逃がしてやるつもりだった、だが間に合わなかった。こうなっては話は別だ。お前を殺させるわけにはいかない」

「私の命など、どうでも……」

「皇太子が命令しているんだぞ、行くな！」

寝台から下りようとしたが、藍堂の大きな手に肩をつかまれ、阻まれた。

「なぜだ？　なぜ火韻のためにそこまで……俺が火韻と比べて劣っているはずはないのに、お前は絶対に俺には乗り換えない。奴とお前の間には何があるんだ」

「それは……」

「命令だ、言え」

言うまでは、手を離してもらえなさそうだ。琉思は深く息を吐いた。

「……王子がいなければ、私は生きていられませんでした」

「命を助けられでもしたのか？　俺も今までたくさん部下を救ってやった。それでも、お前と火韻のような強い結びつきにはならなかった。……詳しく話せ」

懐かしさと、何年たっても消えない苦い悔いが、記憶の奥底から甦ってくる。琉思は白状した。

「十年前に、私は火韻様を殺そうとしたんです」

さすがの藍堂もこれは予想していなかったのか、大きく目を見開いた。自嘲《じちょう》の笑みが口元に浮かぶのを感じつつ、説明した。

——琉思は呂国の下級官吏の家に生まれた。ただし父親がその官吏かどうかはわからない。官吏に美貌の妻がいると知った上役が、厚顔にも、彼女を供するように迫り、小心者の官吏は命令に従ったのだ。

味を占めた上役は、何度も官吏の妻を弄び、時には友人を連れて官吏の家を訪れた。そのうちに官吏の妻は妊娠し、男児を生んだ。父親が誰かはわからなかった。子供は母親にそっくりだったのだ。

父親のわからぬ子供など養子に出してしまいたいところだっただろうが、この夫婦にとっては初子だった。ようやく生まれた長男を手放しては、周囲の不審を招く。人前では可愛がられたが、人目がなくなると、父は子供を無視し、その場にいないもののように振る舞った。母は『お前さえ生まれなければ』と手ひどく打擲《ちょうちゃく》するかと思えば、涙を流して琉思を抱きしめた。

琉思が四歳になった時、母は堀に落ちて水死した。事故か自殺かはわからなかった。

孤独を紛らわせたのは書物だった。通っていた学問所の蔵書を、ひたすら読みあさった。最初は意味がわからなくても、繰り返し読んでいれば自分なりの解釈ができてくる。師は教え子の成長を喜び、王宮に推挙してくれた。

王宮で働き始めたのは、十四歳の時だ。宴会で給仕をしたり、季節ものの入れ替えをしたり、仕事は多く、忙しかったが、がんばればがんばった分だけ褒めてもらえるのが嬉しく、琉思は誠実に働いた。

琉思が王宮に入って三月ほどたった頃、第二王子火韻の母が病死した。そのことが、琉思の運命を大きく変えた。

母の急死により、火韻が荒《すさ》んでひどく乱暴になった。もともと腕白で悪戯《いたずら》好きだったが、素直で明朗な気性により、皆から好かれていた。しかしその明朗さがなくなり、侍女たちに手を上げることこそないものの、物を壊す、どなる、注意しても耳を貸さないという状況で、侍女たちから手に負えないという訴えが王のもとに届いた。

通常、元服前の子供は後宮で暮らすが、特例として、火韻を後宮から出し、離宮を与えてはどうかという話になった。

まだ九歳の子供にそこまでするのは甘やかしだと主張する声、母君の思い出が残る後宮から出してやるべきだという声などで、なかなか意見はまとまらなかった。

その会議の際に、飲み物や料理を運んでいた琉思に、火韻王子が目を留めた。王侯貴族が居並ぶ中、王子は大声で「お前、綺麗だなぁ！」と叫んできた。あとで聞いた話によると、琉思の面立ちは火韻の母に似ていたらしい。

火韻は、琉思を自分専属の召使いにしたいと駄々をこねた。

当初、王は琉思の身分が低すぎると難色を示したが、可愛がっている息子に『琉思を従者にしてくれたら、いい子になるから。離宮なんか要らない、王宮の隅っこに一部屋くれたらそれでいい』と泣きつかれて、しぶしぶ認めた。

命令を聞かされて琉思は面食らったが、誰のもとで働こうが同じだと思っていたから、気にはならなかった。人前で自分に向かって綺麗だと叫んだ火韻に、驚きはしたものの、いやな感じは覚えなかったせいもある。実際に火韻に仕えてみたところ、確かに乱暴で、思い立ったら猪突猛進、忍耐や慎重さといったものはかけらほどもない。しかし素直で明朗で、むき出しの好意を見せてくれる。それが琉思には嬉しかった。

けれども火韻に仕えるようになって、五日とたたないうちだった。琉思は用事の途中で兵につかまり、強引に高宝のところへ連れていかれた。

『五日後に港で兵船の演習がある。火韻も見に行くはずだ。お前も一緒に行って、人目がない時に、火韻を海へ突き落とせ』

言葉の出ない琉思に向かい、高宝はにやにや笑いながら告げた。

『なあに、単なる冗談だ。……弟はこの前の巻狩りで、俺を泥だらけの水溜まりに突き倒してくれた。その仕返しだ。ただの兄弟喧嘩よ、なあ?』

『お、恐れながら、高宝様。従者の私が、主を突き落とすなど、とても……』

『お前、目の前にいるのを誰だと思っている。この俺はいずれ父上の跡を継いで、王になる身だ。ならば俺もまた、――お前の主だ。逆らっていいと思っているのか？』

『……』

『そう深刻に考えるな。水に浸《つ》かって慌てるさまを見て、笑ってやろうというだけのことだ。お前は火韻にずいぶんと気に入られているそうだから、きっと奴も隙を見せるだろう。火韻はあの年で武芸に優れていて、水練は大得意だ。夏には毎日海へ行っている』

確かに火韻は、まだ十歳ながら、小柄な体を巧みに使い、乗馬も木登りも鮮やかにこなす。力の要る作業は不得手だが、俊敏さでは大人をはるかにしのぐ。泳ぎが得意だと兄の高宝王子が言うなら、大丈夫なのかもしれない。

『海に突き落とされるところを他の者に見られては、火韻の恥になる。人目のない時にしろ。俺はずぶ濡れの火韻を見て、いつかのお返しだと笑ってやるつもりだ。それで、兄弟喧嘩は終わりになる。……うまく海に落とせば褒美をやる。お前の父も、出世できるように口添えしてやろう。この、第一王子高宝の頼みを、断りはするまいな？』

褒美をちらつかせる一方で、断ればただではすまないと凄まれ、琉思はやむなく命令を受け入れた。冷たかった父を、高宝王子の口添えで出世させることができれば、自分に対する態度が変わり、優しくなるのではないかという期待もあった。

ただ突き落とすだけだ、火韻王子は水練の達者だそうだから心配ないと己に言い聞かせて、琉思はよろけたふりをして火韻を海へ突き落とした――。

「ところが、火韻は泳げなかった。そうだな？」

ただ話を聞いているだけなのに飽きたか、藍堂が口を挟んできた。琉思は深く頷いた。

「手足をめちゃくちゃに動かして、もがいているばかりでした。高宝様の言葉は嘘だったのです」

海に面した国にいて、火韻のような腕白な子供が泳げないとは、思いも寄らなかった。

あとで聞いた話によると、火韻は三つの時に庭の池へ落ち、溺《おぼ》れかけたことがあった。そのため火韻は母親から、決して決して水に近づくなと言い渡され、水の怖さをさんざん吹き込まれて、泳ぎを覚える機会がなかったのだ。

「助けを求めようにも、人はまわりにいません。どうしていいかわからなくて、私は夢中で飛び込みました」

「お前は泳げたのか？」

「いいえ。教えてくれる人も、一緒に遊ぶような友達もいませんでしたから」

何も考えてはいなかった。

自分に好意を示し、側仕えの従者に抜擢してくれた火韻王子を、海へ落としてしまったのだ。騙《だま》されたとはいえ、実行する前に一度、さりげなく泳げるかどうかを確かめればよかったのに、高宝の脅しに屈して、言われるままに突き落とした。

火韻が溺れ死んでしまうと思った時、自分もあとを追うしかないと思った。死んでもいいから謝りたいと、夢中で飛び込んだ。

ところが、もともと運動の得意な火韻は、ばしゃばしゃもがいていたわずかな間に、泳ぐこつをつかんだらしい。

そこへ琉思が飛び込んだ。しかも着水の衝撃と低水温で気が遠くなって、もがきもせずに沈んでいく。それを見たことで火韻はいっぺんに冷静さを取り戻し、ぎこちないながらもなんとか泳ぎ、琉思の襟首をつかんで、岸への上がり口まで引っ張っていったと、あとになって聞かされた。

火韻は海に落ちたことを、不慮の事故としか思っていなかった。大声で人を呼び集め、気絶している琉思に手当てを施し、王宮に連れて帰った。

意識を取り戻した琉思は、後悔に身がよじれる思いだった。

知らずにとはいえ自分は火韻を殺そうとした。それなのに、火韻はその自分を助け、意識を取り戻すまでそばについていてくれたのだ。琉思の手を両手でしっかりと握り、目に涙を浮かべて「よかった、無事でよかった。お前が母上みたいに死んじゃったら、オレ……」と呻いた。

母の急死で傷ついた火韻の心を、自分はさらに傷つけるところだったと思うと、耐えがたかった。火韻が自分になついてくれるから、なおさらつらい。

これからは誠心誠意、火韻に仕えようと心に決めた。

だがそれでは事態はおさまらなかった。琉思が庭に出て、火韻の部屋に飾る花を見繕っていた時、護衛兵を連れた高宝が接触してきたのだ。

琉思は高宝に向かい、火韻が泳げると嘘をついたことをなじった。しかし高宝がそれで反省するわけもない。逆に、もう一度火韻を狙え、食事に毒を盛れと強要してきた。

『断ると言うなら、お前が火韻をわざと海に突き落としたことを公表するぞ』

『あれは、高宝様の御命令で……‼』

『第一王子の俺と、身分の低いお前と、皆がどちらを信じると思う。反逆罪で死刑になりたいのか？　いやなら、火韻の食事にこの毒を混ぜるんだ』

脅されても、もう二度と従う気はなかった。策をめぐらせて異母弟を亡き者にしようとする高宝より、素直な火韻のほうが人間としてはるかに優れていると思った。

『絶対にいやです。火韻様を騙して毒を飲ませるくらいなら、自分が死ぬ方がましです。二度とそのような御命令には従えません。やり方が卑怯《ひきょう》です』

卑怯なやり方を、卑怯と正しく指摘されて、高宝は怒った。人の目が届きにくい木陰へ琉思を引きずっていき、めちゃめちゃに殴りつけた。しかし途中で高宝は琉思の美貌に目を留め、淫らな気持ちを起こしたようだ。

兵士に琉思を押さえつけさせ、衣服をむしり取って暴行しようとした。

危ういところに駆けつけてきたのが、火韻だった。

わずか九歳、年のわりに小柄な少年が、屈強な兵士を打ち倒すなど、じかに見たのでなければ、到底信じられなかっただろう。

しかし『琉思に何をしてるんだ』という、どなり声とともに、腕を押さえていた兵士が声もなく倒れた。

側頭部に、火韻が飛び蹴りを食らわせたのだ。

うろたえた高宝は兵士を置いて逃げようとしたが、ずらした袴が脚にからんだ。転んだ異母兄を引き倒した火韻は、顔の形が変わるほどの一撃を頬に叩き込んだあと、とどめのつもりか、股間を思いきり踏みつけた。

悶絶した高宝を放っておいて、火韻は琉思を助け起こし、手を引いて逃げた。

『大丈夫か？　あいつ、本当にたちが悪いんだ。スケべで、いばりんぼで……前にも、侍女を物陰に引っ張り込んで悪いことをしてた。オレが見つけて蹴飛ばしてやったんだけど、ちっとも懲りてないみたいだ。琉思は綺麗だから、目をつけられたんだろう。畜生、完全に踏みつぶしてやればよかった。大丈夫か、怪我しなかったか？』

気遣われると、ますます自責の念が増す。部屋に戻ったあと、琉思は火韻の前にひれ伏して、高宝の命令で海へ突き落とした一件をすべて白状し、詫びた。

火韻は驚いた様子だったが、責めはしなかった。

『さっきお前がいじめられてたのは、高宝に逆らったせいだろ？　ヘコヘコして言う通りにしていれば、あんな目には遭わなかったはずだもんな。オレを庇ったからだ。……お前はオレを守ろうとしてくれたんだから、もう何も気にしなくていいんだよ。また高宝にいじめられそうになった時は、オレに言うんだぞ。守ってやるから』

満足げな火韻の笑顔と、守るという言葉に、琉思は胸を突かれた。こんなふうにいたわられ、大事にされたことは初めてだった。胸にこみ上げてくるものを抑えきれず、顔を両手で覆ってすすり泣いたら、火韻がおろおろして、必死に慰めようとしてくれた。

『どうしたんだ、どこか痛いのか？　やっぱりあいつにいじめられて怪我したのか？　それともオレ、なんか悪いこと言ったか？　泣くなよ、なあ……』

長い思い出話を聞き終えた藍堂は、琉思の瞳を見つめて問いかけてきた。

「……それが、お前が火韻を守ろうとする理由か」

「海に落としてしまった時の恐怖感を思い出すと、今でも体が震えます。あの時、二度と裏切るまい、守ろうと心に決めました。……お願いします。火韻様のところへ行かせてください。お助けすることがかなわないとしても、せめて、おそばにいたいのです」

またも琉思の瞳をじっと見つめたあと、藍堂が溜息をついて首を振る。

「なぜ俺には、お前のような忠義で誠実な部下がいないのだろう。俺はそんなに駄目か？人として劣っているのか？」

「皇太子、ご自分のことをそんなふうに仰るのはおやめください。それに忠義な部下の方は、きっといらっしゃいます。だからこそ、数々の戦功をお立てになったのでしょう。戦はお一人でなさるものではございませんから」

「確かに兵士は勇敢に戦った。戦で命を落とした者もいる。しかしそれは俺のためではなく、帝国のためだろう。お前が火韻に尽くすように、俺に尽くしている配下がいれば、気づかないわけはない」

自分より年上なのに、こんなふうにむくれる藍堂は、だだっ子のように見える。

(傲慢《ごうまん》で強い方だと思っていたけれど、もしかしたら寂しがりやな面がおありなのかな)

琉思は微笑した。

「間が悪いと、気づかないものです。当たり前すぎて、気づけないこともあります。毎日通る場所に生えている草木に、ある日突然『こんなに育っていたか』と驚くように……皇太子にも忠誠を尽くしている方はおいでのはずですが、ずっと変わらない態度なので、お気づきにならないのでしょう」

「なるほど。そういうこともあるか」

「あるいは、皇太子のお気持ちにもよりましょう。嫌いな相手や関心のない相手からは、好意を向けられてもわかりづらいものですから」

「そういえば俺の母はしつこいくらい俺を溺愛《できあい》していたが、感謝するより、鬱陶しかったな。うまくいかないものだ。……くそっ、腹立たしい。お前たちが羨ましいぞ」

最後の一言を拗ねた口調で呟いてから、藍堂は琉思に宣告した。

「とにかくお前はここにいろ。処刑されるのがわかっていて、行かせるわけにはいかない」

「しかし……」

「お前の本当の願いは、火韻を牢《ろう》から助け出すことなんだろう?」

もちろんだ。火韻の処刑を止められないのなら、死出の旅路まで供をしたいと思うが、本当は助け出したい。その返事を聞いて、藍堂が難しい顔になる。

「お前の願いだ、なんとかしてかなえてやりたい。だが他の罪で投獄されたのならともかく、国単位の裏切りとなると、厄介だな。どうしたものか」

「どうかもう、私のことはご放念ください。皇太子にこれ以上、ご迷惑は……」

「馬鹿者。ここまで首を突っ込んで、今更知らぬふりなどできるか。そんな中途半端な真似は、俺は大嫌いだ」

そう言って藍堂は琉思の肩を突き、寝台に転がしておいて、自分は床に下りた。

「とにかくお前は、充分に休息を取って、滋養のある物を食べて、少々のことでは倒れないように体調を整えておけ。火韻の処刑は五日後だ。逆に言えば、四日間はあいつは無事だ。その間に策を練り、準備を整える。だから待て。……俺が、信用できないか？」

「と、とんでもない」

「それならいい。くれぐれも勝手な行動は取るな。お前が自分から名乗って出ても、同じ部屋に収監されるとは限らないんだ。囚人扱いの火韻に、従者をつけるとは思えないからな。先走って俺の手間を増やすなよ。必ず、お前が納得いくような形で、片をつけてやる」

そう言って藍堂は器用に片目をつぶって見せてから、部屋を出ていった。見る者を安心させるような、頼もしく、それでいて悪戯っぽい笑みだった。

寝台の上にへたり込んだまま、琉思は動けなかった。

（納得のいく形で、片をつけると言ってくださった。だったら、信じてお待ちするのがいいんだろうか）

きっとそうだと思った。藍堂は、約束したことは守ってくれる。

囚われた火韻が、独房でどんな目に遭っているかを想像すると、胸が苦しくなる。一刻も早く駆けつけたいと感じる。しかし藍堂が『体調を整えろ』と言ったのだから、逃してくれると信じて待つしかない。

（火韻様、どうかもうしばらく、お待ちください。必ず、おそばに参ります……!!）

5

投獄された火韻は、冷たい石の床に座り込んで動かなかった。動きたくとも、手には板の枷《かせ》をはめられ、両足首は一尺ほどの短い鎖でつながれているので、動けない。

囚われた時、呂が帝国を裏切ったと聞かされたが、火韻にとっては寝耳に水だった。帝国に友好的だった父王が病に伏し、自分と仲の悪い異母兄の高宝が政権を握っていると知らされて、そういえば最近、父からの手紙がなかったと気がついたくらいだ。

呂の情勢を火韻が知らないことは、取り調べた役人たちにもすぐわかったらしい。しつこく問いただされたり、拷問にかけられたりすることはなく、簡単な調べだけで、地下の独房に入れられた。

最初は、「何かの間違いだ、出せ」、「自分が馬を飛ばして呂国へ行って、父や兄に問いただす」とわめいてみたが、返事はない。牢番がいるはずだが、火韻のいる独房からは見えなかったし、返事どころか気配もしなかった。

一人きりで静かな独房にいると、徐々に頭が冷えてきた。投獄されるに至った過程に、頭をめぐらせる余裕ができてきた。

（……父上の病状は、どうなんだろう）

気持ちが落ち着いてきて最初に考えたのは、そのことだった。

自分を取り調べた役人は、『高宝王子が孟国の王に差し出した密書が……』と言っていた。孟と連絡を取っているのが帝国に知れたら、人質の火韻が殺されるのは、わかりきった話だ。父が元気なら、そんなことを許したはずがない。

（父上には、高宝を止める力がないんだ。それだけ重いご病気なんだ）

こんなことは、予想していなかった。人質として数年間、帝国で暮らしたあとは故国に戻り、父に土産《みやげ》を渡して、あんなことがあった、こんな人と会ったなどと、あれこれ話ができるものと思っていた。もしかしたら、もう二度と会えないのかもしれないと思うと、胸が塞がり、目の奥が熱を帯びて、つんと痛んだ。

しばらくぐすぐすと鼻を鳴らしていたが、何刻もたって父の病を知った哀しみが薄れてくると、今度は異母兄への怒りが湧いてきた。

兄の高宝と自分は、もともと仲が悪い。父が遅くに生まれた子供の自分を可愛がったのが、高宝には気に入らなかったらしい。自分も高宝の威張りたがりの性格が大嫌いだ。琉思を襲っているのを見つけてぶちのめして以来、決定的に兄弟仲は悪くなった。

だから高宝が自分を切り捨てても不思議はない。

皇帝の怒りようから見て、高宝はすでに呂の最高権力者になっているのだろう。そうでなければ、皇帝はきっと『裏切り者の第一王子の処刑を、呂国王に命ずる』とでも言って、すませたはずだ。

（いくら父上がご病気で、高宝が実権を握ったとしても、堯帝国から孟国に乗り換えるっていうのは、すごく大きな判断だ。一人で決められるはずはない。きっと大臣や大将軍たちにも相談したはずなんだ）

人質が殺されても構わないと思った者が、複数いる——それは火韻にとって、ひどくつらい結論だった。

地下牢に監禁されただけで、拷問などは一切行われなかった。国から見捨てられた人質など何も知らないだろうから、尋問しても無駄だと判断されたのだろう。一日二回の粗末な食事が与えられる時以外は、何もすることがない。

日ごとに心は沈んでいった。

（オレにはもう、帰る場所はない。ここで処刑を待つだけだ。でもオレ一人でよかった。琉思までつかまらなくて……）

皇帝の兵士が自分をとらえに踏み込んできた時、琉思は留守だった。故国から届いた名産品を、世話になっている人々へ届けに出かけていたのだ。毎月の恒例ではあるけれど、今回は、皇太子が贈り先に加わっていた。

あいつを『世話になっている相手』に数えるのかと、腹が立った。行くなと言っていればきっと、琉思は自分の命令に従っただろう。けれども琉思を困らせたくなかったから、止めなかった。

今思えば、あの時行かせておいてよかった。部屋にいたら、きっと琉思も囚われて投獄されていた。

（藍堂の奴は、もともと琉思をほしがってた。オレに向かって譲れって言ったくらいなんだから、皇帝が『呂国の人間を渡せ』って命令しても、守ってくれるはずだ。琉思は王族じゃない、ただの従者なんだから、皇太子の後ろ盾があればきっと大丈夫だ）

だが自分は無理だ。

故国が裏切れば殺されるのが、人質の運命だ。たとえ皇太子が口添えしても、助けてはもらえない。まして藍堂が自分のために命乞いをするわけはない。

（オレがいなきゃ、あいつは琉思を手に入れられるんだ。助けてくれるわけがない）

むしろ自分がいない方が都合がいいはず――そこまで考えて、火韻の体が跳ねた。もしや今回自分が囚われた一件には、藍堂が関わっているのではないのか。

皇太子の藍堂のもとには、多くの情報が届くに違いない。呂が帝国を裏切り北方の大国と通じている情報を、藍堂がつかんだとしたら、琉思だけは保護しておいて自分を投獄させようと考えても不思議はない。

(……それどころじゃない。琉思は『自分が皇太子を好きになって、誘った』なんてこと言ってたけど、そんなの不自然だ。ほんとは、藍堂が脅したんじゃないのか？)

悪寒がした。琉思の性格なら、藍堂に『呂の裏切りが公になれば、火韻王子は投獄、場合によっては処刑される。黙っていてほしければ、言うことを聞け』とでも脅されたなら、言うことを聞くに違いないからだ。

(オレのため、か……？　琉思は、オレを守るために、藍堂の言いなりになったのか？)

そう思い当たると、何もかもが腑《ふ》に落ちる。琉思は、『自分が藍堂に惹かれて言い寄った』と言っていたが、性格を考えれば不自然すぎる。脅迫されたという考えに、故国の裏切りという材料は、ぴたりとはまった。

(そうか……琉思があんな恥ずかしい目に遭わされたのは、オレのせいだったんだ。藍堂がわざわざ見せつけたのは、いやになったオレが、琉思から手を引くと思ったのかな。何度も何度も、譲れって言ってきたもんな)

しかし自分は藍堂に怒りを覚えただけで、琉思を手放そうとは考えなかった。そのため藍堂は、邪魔な自分を排除しようと目論み、情報を流したのではないだろうか。

(もし、そうだとして……琉思は、知らなかったんだろうか？)

疑念が火韻の心に忍び込んだ。

いつも自分のそばにいる琉思が、捕縛の兵が来た時に限って、一番安全な皇太子のもとに行っていたのは、単なる偶然なのだろうか。

どくん、どくん、と心臓がいやな痛みを帯びて拍動し始める。

(本当に何もかもが偶然なのか？　それとも藍堂が裏で糸を引いていて、琉思も一枚嚙んでいるとしたら……邪魔になったオレを片づけるのに、これ以上確実な手段はない)

今頃、藍堂と琉思は、祝杯を挙げているのではないだろうか。疑い始めると、すべての事柄が怪しく思えてくる。

(オレが、藍堂の寝所へ初めて連れていかれた夜……あのあと琉思は、二度とオレを巻き込まないように言っておく、そう言ってた。あれって本当は、藍堂と二人きりになりたかったからじゃないのか？　二人きりで楽しみたいのに、オレがいると邪魔だから……違う、違う。そんなのっておかしい。琉思が、オレを守るために藍堂の言いなりになったのなら、オレを邪魔にする理由はない。でも、人の気持ちって変わるし……)

最初は藍堂に脅迫されて身を任せたけれど、徐々に気が変わり、本心から藍堂に惹かれてしまったのかもしれない。『皇太子は人品優れたお方で、逞しい美丈夫だ』と褒めていた時の口調に、嘘の響きはなかった。

(琉思……オレのこと、見捨てたのか？　皇太子に乗り換えたのか？　なぜだよ、どうして何も言ってくれなかったんだよ……!!)

胸が痛い。息が苦しい。吐きそうだ。

「あ、ぁ……う、わぁあああーっ！」

獣じみた絶叫が喉からほとばしり出た。火韻は床を転げ回った。独房からは見えない場所にいた牢番が二人、走ってきた。

「うるさいぞ、静かにしろ！」

「どこか具合が悪いのか⁉」

返事などできない。ずっと信じてきた従者に裏切られたという絶望感が、火韻の心を食い荒らしていく。泣きわめいて転げ回る火韻を扱いかねたか、牢番が吐き捨てる口調で言った。

「放っておこうぜ。どうせこいつは明後日《あさって》には処刑されるんだ」

「そうだな。病気になっても、医者を呼ぶ必要はないっていうお達しだったし」

靴音が遠ざかっていく。火韻は再び一人になった。

声がかれるまで叫び続け、力が尽きて、ようやく火韻は暴れるのをやめた。仰向けに寝転がる。泣いたせいで鼻が詰まって、息が苦しい。

（……もう、いいや。それでもいい。琉思は、無事でいられるんだ）

自分の投獄を琉思が知っていたかどうかはわからない。どちらであっても、藍堂のもとにいる限りは安全だ。何も知らずに自分と一緒にいたら、投獄され処刑されるところだった。

（そんなの、やだもんな……死んじゃうのなんて、母上だけで充分だ）

母は、突然の病で世を去った。ほんの小さな指の傷から、悪いものが体内に入ったとかで、痛い熱いと泣き叫び、ひどく苦しんだ挙げ句に死んでしまった。病室に入れてもらえなかったから、どんな姿だったのかは見ていない。けれど窓の外から懸命に声をかけても、答えてはもらえなかった。もう息子の声もわからなくなっていたのかもしれない。

優しかった母は、突然いなくなってしまった。

哀しくて寂しくて、どうしていいかわからなかった。火韻が悪戯をすると、母が困った顔をして、白く細い指で火韻の額をつついて、叱ってくれるはずなのに、どこにもいない。物を壊しても、大声でわめいても、出てきてくれない。侍女たちが騒ぐだけだった。

死んでしまったのだから、母はもういないと理屈ではわかっていても、心の整理がつかなかった。むしゃくしゃして暴れ回っては、あとで自己嫌悪に苛まれた。

(……琉思は、綺麗だったな)

会議の時に飲み物を給仕していた琉思の姿は、今も鮮やかに思い出せる。まだ十四の少年だったのだけれど、当時の自分には大人に見えた。給仕する指は白く長く形よくて、母の手を思い出させた。目鼻立ちをよく見れば、母とは違うのだけれど、立ち姿の雰囲気や、静かな話しぶりが母によく似ていた。

父にねだって、二度と周囲を困らせるようなことはしないと約束して、琉思を引き抜いた。着替えや洗面や、身のまわりの世話をしてもらうのが、嬉しかった。

(へへ……なんか、懐かしいや。そうだよな、最初は琉思が母上にちょっと似てると思って、好きになったんだっけ。それが変わったのって……）

琉思もまた、母親を亡くしていると知った時だったろうか。

泣いたのか、と尋ねた自分に、優しく、けれど寂しげな笑みを返して琉思は言った。

『涙は出ませんでした』

『そうか……』

答えを聞いて、火韻はしょんぼりした。母親の死後に荒れた自分に対し、女々しいという陰口があったことは知っている。一見たおやかで中性的な琉思でさえ、母の死に際して涙しなかったのならば、やはり自分は女々しすぎるのだろうかと思った。

しかし琉思の言葉には続きがあった。

『母はしょっちゅう、理由もなく私をぶったので、死んだ時も哀しいという気持ちが湧かなかったんです。いえ、生きているうちから、私は母になつきませんでした。姿を見るたび、なじられはしないか、ぶたれはしないかとびくびくして……できるだけ顔を合わせないよう、隠れていました』

理由もなく母親にぶたれたという告白が衝撃的すぎて、火韻は返事ができなかった…自分のような悪戯好きならわかるが、物静かで真面目《まじめ》で、誰からも褒められている琉思を、生みの母がぶつなど、理解できなかった。

目を丸くしている自分を見て、琉思の微笑みは一層翳りを増した。

『ただ一人の母だったのに……泣けなかったなんて、私はどこかおかしいですね』

『そ、そんなことないよ！　だって意地悪されてたんだろ？　琉思は悪くないよ。全然悪くない』

『ありがとうございます。火韻様は、優しいお方ですね』

『オレが？　馬鹿言うなよ。みんなオレのこと、手に負えない乱暴者だって……だから後宮から出されちゃったんじゃないか』

『愛情深い御気性だからこそ、お母上がいないことに耐えられなくて、どうしていいかわからなかったのでしょう？　私のように、悲しんでいるふりをしただけの偽善者とは違います。火韻様は、素直でお優しい方だと思います』

そんなことを言われたのは、初めてだった。

母でさえ、自分が癇癪《かんしゃく》を起こした時には、叱るか、『火韻は腕白だから……』と眉をひそめるだけで、理由を推測したりはしてくれなかった。自分自身でもなぜ、母の死後に苛々して暴れずにはいられない気分なのか、わからなかった。

琉思が解き明かしてくれた。

涙がこみ上げてきて、火韻は年上の優しい従者にすがりつき、大声で泣きわめいた。琉思は何も言わず、細い手で自分の髪や背を撫でてくれていた。

あの時、自分は琉思が大好きになったのだ。

だから琉思が、わざと自分を海に突き落としたと告白してきても、怒りはまったく湧かなかった。

（だって琉思の奴、オレが溺れてるのを見て、飛び込んだんだもんな……自分も泳げないくせにさ。オレをわざと突き落としたなんて、言わなきゃわからなかったのに。オレは、琉思が貧血を起こしてよろけたって、信じ込んでたんだから）

悪いのは琉思を騙した高宝だ。

色魔の高宝から助けた時、琉思は頰を腫《は》らしていた。きっと殴られたのに違いない。それでも言うことを聞かずに逆らったから、犯されそうになったのだろう。

（……そうだった。オレ、あの時、琉思を守るって決めたんだ）

幼い日の決意が、心に甦る。

（琉思が無事なら、それでいい。オレを裏切ってたって、藍堂に乗り換えたっていい。オレが死刑になって琉思が助かるのなら、それで充分じゃないか。オレを好きでいてくれたら守るけど、俺から離れていったら守らないなんて、そんなみっともない真似できるかよ。高宝じゃあるまいし）

諦めでも言い訳でもなく、火韻はそう思った。

座り直して、大きく伸びをした時だ。通路の先から靴音が響いてきた。

（なんだ？　牢番にしちゃ数が多いな。ていうか、この偉そうな歩き方って……？）

火韻は慌てて格子のそばににじり寄った。牢番に案内され、数人の供を従えて歩み寄ってきたのは、やはり藍堂だった。琉思の姿はない。

(どっちなんだ？　安全な場所に隠してるのか、それともまさか、琉思を皇帝に売って、別の牢に押し込めたのか⁉)

何事もなければ、皇太子がわざわざ地下牢に来るわけがない。火韻は格子に顔を押しつけ、藍堂に向かって叫んだ。

「おい！　お前、り……」

「黙れ‼」

皇太子をお前呼ばわりしたのがまずかったらしい。牢番が、格子の間から棍《こん》を素早く差し込み、火韻の脇腹を突いた。

「いてっ！」

「皇太子に無礼な言動、許さんぞ！」

床にひっくり返った火韻に、返事をする余裕はない。手枷をはめられているため、脇腹を押さえることもできない。呻いていると、小馬鹿にしたような藍堂の声が聞こえた。

「うるさいサルには、檻《おり》がよく似合う。……これが美しい鳥だったら、金で作った鳥籠《とりかご》に入れて、大事に守るのがふさわしいだろうが」

火韻はハッとした。今の言葉は、琉思のことではないだろうか。痛みをこらえて身を起こし、格子に這い寄る。

「美しい鳥なら、守るって？」

「ああ。声も姿も美しい鳥だ。俺の部屋の中で、野良猫やカラスに襲われないよう、大事に飼っている。……それがわかれば、おとなしくしていろ」

やはり琉思は藍堂のもとに匿われている。安堵感が湧き上がり、火韻は大きく息を吐いた。

（わざわざ牢まで知らせに来てくれたのか……こいつ、ちょっとだけ、いい奴かも）

その鳥を大事にしてやってくれ――と、言おうと思った時だ。藍堂が牢番に向き直って命じた。

「こいつを牢から出せ」

何を言い出すのだろう。火韻も当惑したが、牢番も困ったらしい。

「いくら皇太子の仰せとはいえ、こやつは帝国を裏切った呂の人間です。処刑は明後日と決まっております。解放するわけには参りません」

「解放するのではない。取り調べることがあるんだ。俺が孟に送っておいた間諜から、気になる情報が届いた。こいつは人質のふりをして、帝国の情報を探り、呂を経由して孟に流していた疑いがある」

完全な言いがかりだ。火韻は藍堂に向かって叫んだ。

「なんの冗談だよ⁉　オレはそんなことしてない！」

「そうやって、口の利き方一つ知らない単純馬鹿のふりをして、俺に近づいてきたわけだ。何も知らず弟のように扱っていた俺の愚かさを思うと、反吐《へど》が出る。よくもコケにしてくれたな、火韻。何をどこまで調べて孟に流したのか、この俺が直々に尋問してやる」

「馬鹿言うなってば、オレは……‼」

「やかましい、黙れ。喋るのは尋問の時だけで充分だ、お前のギャアギャアわめく声など聞きたくもない。……小鳥の声なら、聞いてやるが」

小鳥という言葉にハッとした。

(そうだった。琉思がこいつに匿われているんだ。逆らったらまずい)

藍堂は自分の口を閉じさせたいらしい。孟国のことなど知りもしないのに間諜扱いされるのは癪だが、ここは従うしかない。

(だいたい、オレを連れ出してどうしようっていうんだ？　もしかしたら助けてくれるつもりとか……)

しかしもちろん、声に出して尋ねるわけにはいかない。

藍堂は牢番に視線を移した。

「わかっただろう。単なる見せしめとして処刑する前に、こいつがどんな情報を流したか確かめる必要がある。俺に近づいてきて、軍備のことをやたら聞きたがった。国境を守る軍勢の配置が孟に漏れていたら危険だからな」

「それでしたら、公の場で取り調べて記録を残す方がよろしいのでは……」

「俺に恥をかかせる気か？　皇太子はこんなガキの芝居を見抜けず、まんまと騙されて帝国のことをあれこれ教えてやった大馬鹿者だと、宮中の笑いものにさせたいのだな？　牢番、貴様らの名を聞いておこう」

鋭い眼光を向けられ、牢番たちがうろたえ顔で後ずさる。

「い、いえいいえ、とんでもない」

「どうぞ心ゆくまでお調べください」

「わかればいい。さっさとこいつを牢から出せ。尋問のための道具も薬も、たっぷり用意したからな。洗いざらい吐かせてやる。……早くしろ！」

牢番二人は急いで扉に駆け寄り、錠を開け、閂《かんぬき》を外した。火韻を外の通路へ連れ出す。

「どうぞ、お連れください」

「手枷の鍵《かぎ》も預かっておこう。いや、まだ外さなくていい。万が一にも逃げられては困る」

自分を見やる藍堂の瞳は、冷たく尖っている。

手枷を外さないということは、本当に藍堂は火韻を間諜だと疑っているのだろうか。一瞬、助けてくれるのかと期待した分、落胆は大きかった。しかし琉思の身柄が藍堂の手にある以上、黙って従うしかない。

「では連れていくぞ。準備をしろ」

手枷をはめたままの火韻を、藍堂の供が左右からつかまえる。それはわかるが、なぜか服の上から女物の衣装を着せかけられ、裳《も》を腰に巻かれ、紗《しゃ》を頭からかぶせられた。

牢番がためらいながら、藍堂に尋ねている。

「あの……なぜ、こやつに女装を？」

「俺のつかんだ情報では、火韻王子を王宮から奪って、皇帝の威信を傷つけ、孟を有利にしたい連中がいるらしい。連れ出すのを、そいつらに見られると厄介だからな。もし誰かが、火韻王子のことを訊きに来ても、本当のことは言うなよ。『王子は今、腹を下して便器から離れられないから、会えない』とでも言ってごまかせ」

驚いて火韻は目を瞬いた。自分はそんな連中にまで狙われているのか。

（琉思は……いや、大丈夫だ。帝国の威信を傷つけるためなら、身分の高い人間だけを狙うはずだ。琉思が無事ならいいや、オレはこのままここにいたって、殺されるだけなんだから。それにしても、『便器から離れられない』はないだろ）

だが琉思の身柄を藍堂が握っている以上、余計な口は挟めない。黙って火韻は藍堂に従った。地下から出され連れていかれたのは、皇太子の住む棟だ。

いつもの寝所とは違う、殺風景な小部屋に入れられた。部下の兵士は引き下がり、藍堂と二人きりになった。

「尋問ってなんだよ？　オレ、何も知らないぞ。第一、お前に軍備のことを聞いた覚えなんてないし」

「……真に受けたのか？　馬鹿」

「馬鹿ってなんだよ⁉」

「お前を牢から連れ出すのに、理由が要るだろう。そのためだ。……ひょっとして、お前を狙っている奴がいるという話も、信じたんじゃないだろうな。牢番に口止めするための、でたらめだぞ」

「え……ええ？　それって……じゃ、まさか……」

当惑した時、部屋の扉が開いた。

「火韻様、ご無事でしたか⁉」

駆け込んできたのは琉思だ。が、火韻に走り寄ろうとしたその足が、ぴたっと止まった。

「か……火韻様、ですよね……？」

唖然として目をみはる琉思を見て、ハッと気がついた。自分は女装したままだ。藍堂が横から口を挟む。

「一度、女の格好をしてみたかったそうだ。なかなか似合うだろう？」

「誰がしたがるかっ！」

頭を振って、紗を払い落とした。裳を外そうとしたが、手枷のせいでうまく外せない。藍堂が大笑いしたあと、琉思に向かって鍵を投げた。

「手枷を外してやれ」

「は、はい。ありがとうございます、皇太子」

火韻の前に膝をついて、琉思が手枷を外してくれた。手首に残った痣《あざ》と擦り傷に目を留め、苦しげに顔を歪める。

「こんなに傷が……他にお怪我はございませんか」

「ないよ。これだって、怪我ってほどのもんじゃないし」

傷ができたのは、一人で暴れ回り、手枷をはめたままの手を床に打ちつけたせいだなどとは、恥ずかしくて言えない。

「なぜこんな傷が……まさか拷問されたり、食事を抜かれたりしたのでしょうか」

「大丈夫だってば、ずっとはめてたから痕がついただけだ。牢に入れられて退屈はしたけど、拷問なんかされてない。飯がまずくて少ないのには閉口したけど」

「申し訳ありません、火韻様をお一人にしてしまって。おそばを離れた間に、あんなことがあろうとは。皇太子が、助け出すから待っていろと言ってくださいましたが、でもこうして火韻様のお姿を見るまでは、不安で不安で……」

火韻の腰に巻かれた裳を外しながら、琉思は眼を潤ませている。その瞳に、裏切りや偽りの気配は微塵《みじん》もない。

火韻はまだ混乱している頭の中を、懸命に整理した。

（えーと、オレ、牢にぶち込まれたのは藍堂の陰謀で、もしかしたら琉思も知ってて、オレを見捨てたのかとか、思ってたけど……もしかして、全部オレの邪推だった？）

少なくとも、琉思は違うらしい。三日前に比べて少し痩《や》せたというか、やつれたようだ。それほど自分のことを心配してくれていたのだろうかと思うと、牢獄で琉思を疑ったことに対して、ものすごい罪悪感が湧いてきた。

（……でも、藍堂は？　琉思がここにいて、オレを牢から出してくれたってことは……）

火韻は、少し離れて自分たちを見守っている藍堂を、振り返った。

「ひょっとして、本当にオレを助けてくれたのか？」

「当たり前だ、飲み込みの悪い奴だ。わざわざ牢まで出向いて、大嘘をついて助けてやったんだぞ。ありがたく思え」

「どうしてだよ……」

投獄に関わっていないとしても、自分がいなければ藍堂は琉思を独り占めできるのだ。助ける理由がわからない。呟いた火韻に、藍堂が不満げな目を向けてきた。

「いやなのか、お前は。牢獄がいいのならいつでも戻してやる」

「ち、違うって！　そうじゃないけど……」

慌てて抗弁してから気がついた。まだ礼を言っていなかった。

「ちょっと信じられなくて、動揺しただけだよ。その……ありがとう、ございます」

深々と頭を下げた。自分を助け出してくれただけでなく、藍堂は今まで琉思を匿っていてくれたのだ。そのことを思うと、下げた頭がなお一層下がる。

しかし、返ってきたのはいやそうな声だ。

「やめろ。跳ねっ返りのお前が、そんなふうに素直だと気持ち悪い」

「そんな言い方ってないだろ！」

むっとした。やはり藍堂はイヤな奴だ。

（……やっぱ、信用しない方がいいのかな？）

琉思は藍堂の好意を信じきっているようだが、本当に大丈夫だろうか。何か裏があるのではないか。疑念を抑えきれずに藍堂をにらんでいたら、琉思が着替えを差し出してきた。

「これにお召し替えを。用意が調い次第、都を出ることになっています」

狩りの時に獲物を追い込む、勢子《せこ》の服装だった。琉思の言葉を藍堂が補足した。

「これから鹿狩りに出る。お前は勢子に扮《ふん》して一緒に来るんだ。琉思は医師に化けさせる。荷物を担いでいても怪しまれないからな。……充分に都を離れたあたりで、お前は怪我をしたことにして、医師の琉思とともにその場にとどまれ。俺は他の連中を引き連れて、狩り場へ向かう。人目がなくなったら、さっさと逃げろ。琉思に持たせる荷物の中に、旅銀や、通行証を入れてある」

そこまで計画が練り上げられていることに、かえって疑いが増す。

（牢を出る時についた嘘もそうだし、通行証なんて簡単に手に入る物じゃないだろ？　オレたちを逃がしたのが誰か、一発でばれるじゃないか。いくら皇太子でも、ただじゃすまない。それなのにここまでするって……罠《わな》じゃないのか？）

琉思に服を着替えさせられつつ、あれこれ考えたが、やはり納得できない。

「なぜだ？」

火韻の問いを受け、藍堂がむっとしたように口を曲げる。

「しつこい奴だな。琉思がそう望んでいるんだ、仕方がないだろう」

「でもあんたは、琉思を独り占めしたいんだろ？　何度も何度も、オレに『琉思を譲れ』って言ったじゃないか。そりゃもちろん、二人揃《そろ》って帝国から逃げ出せるのはありがたいけど、あんたでなきゃできないことなんだけど！　でも……そこまで至れり尽くせりしてもらえる理由がわかんないよ‼　あんたがオレの立場だったら、納得できるか⁉　罠じゃないかって疑うだろ⁉」

琉思が、もうやめろと言うかのように、後ろから袖を引っ張るけれど、火韻は口をつぐまずに言い切った。この疑問が残ったままでは、安心して逃げられない。

藍堂がこめかみを掻き、大きな溜息をついた。

「確かに、立場が逆なら、俺でも罠かと疑うな。仕方がない、正直に言う。……お前がいないと、琉思が壊れる。投獄を知った時点で、半分壊れそうだった。助け出してやると約束して、ようやく持ち直したんだ」

琉思を見やると、自分の心弱さを恥じるかのように頬を赤らめ目を逸らしている。そこまで自分を思ってくれていたと知って、獄中で琉思の真心を疑った自分の頭を、ぼこぼこに殴りたくなる。しかし、それは後回しだ。まだ疑問は残っている。

「理由の半分はわかった。だけど、あんなバレバレのやり方じゃ、あんた自身も危うくなるんじゃないのか？　それとも皇太子なら、何をやっても大丈夫ってことか？」

「火韻様！」

琉思がうろたえた声を出した。これ以上喋るな、という時の口調だ。藍堂がきょとんとしたあと、喉を鳴らして笑い出した。

「そうか。田舎者で知り合いが少ないから、お前には情報が回らないのか。いいことを教えてやる。俺はもうすぐ廃嫡されるんだ。皇帝の側室に、男の赤子が生まれたからな」

「……え？」

田舎者と言われたのには腹が立ったけれど、それ以上に、廃嫡という単語の威力が大きい。言葉をなくした火韻に、藍堂は腕組みをして悠然と笑いかけた。

「もちろん、黙って廃嫡される気はない。できる限りの手は打つ。だが不利な状況に変わりはない。どうせ不利なら、もう一つ二つつけ加えたところで、どうということはない。詳しい話は琉思に聞け。……ここで待っていろ、俺も狩りの支度をしてくる」

藍堂が部屋を出ていき、二人きりになった。

火韻は黙って、藍堂が去った扉を見つめていた。

今までなら、すぐさま琉思にすがりついて、無事の再会を喜んだことだろう。しかし、さっきの話を聞いたせいか、藍堂のことが気にかかってならない。琉思に事情を聞いて、ますます心配になった。

（強気なこと言ってたけど、本当に大丈夫か？　皇太子が廃嫡されるって、めちゃめちゃ危険な事態だろ。オレを助けたせいで、藍堂が殺されることになったら、寝覚め悪いよ）

なぜか、気になる。

琉思を嬲り続けた藍堂に対し、殺したいほどの怒りを抱いていたはずだったのに、藍堂の今後が案じられてならない。藍堂が、単に琉思の身柄を匿うだけでなく、心までもを気遣ってくれたからだ。たとえ自分を牢から出してくれたとしても、琉思を守ってくれなかったら、こんな気持ちにはならなかっただろう。

（オレが藍堂の立場だったら、ここまでできたかな。琉思を独占しようとして、藍堂を見殺しにしたんじゃないか……？）

敗北感で動けずにいる火韻の腕に、琉思がそっと触れた。

「火韻様。早くお支度を。皇太子のお気持ちを無駄にしては、かえって失礼です」

「あ……ああ。そうだ、な」

「こう申し上げてはなんですが、皇太子はしたたかなお方です。むざむざと、謀略にはまるようなことはないでしょう。信じてお任せしましょう」

言われるまま、火韻は身支度を調えた。


（……うまく帝国の外まで、逃げ延びてくれればいいが）

鹿狩りを終えて宮殿に戻った藍堂は、小姓も護衛も下がらせ、一人で酒を飲んでいた。頭に渦巻くのは、仕留め損ねて逃がした、見事な角の牡鹿のことでもなく、この先どうやって皇太子の地位を守るかでもない。火韻と琉思のことだ。

勢子は日よけの笠をかぶるので、顔を隠せる。医師に扮した琉思もまた、埃《ほこり》よけに見せかけた布で顔を隠した。皇太子の一行に、投獄されていた罪人が混じっているとは誰も思わなかったようで、すんなり都を出て、狩り場に向かうことができた。

途中で火韻は、道のくぼみに足を取られたふりで転んだ。琉思が『足をくじいている。手当てをして、すぐ皆を追いかける』と言い、二人は一行から離れた。琉思に持たせた薬箱には、偽の通行証や路銀の他に、粗末な麻の衣服なども入れてあった。今頃二人は、旅商人に扮して街道をひたすら逃げているはずだ。

（結局、手に入れ損ねたな。あの顔、あの体、今までの獲物の中でも、とびきりの極上品だ

ったのに……初めてだ。この俺があれほど手を尽くして、結局逃がしてしまうなんて）

それでいて不思議と怒りや悔しさはない。むしろ、すがすがしい。

彼らは、二人一組でなければだめなのだと思う。引き離せば琉思が壊れてしまう。牢獄での火韻がどんな状態だったかは見ていないが、きっと琉思と同じように取り乱していたのではないだろうか。

（あいつら二人が壊れるくらいなら、手放した方がいい。惜しいが、仕方ない。……くそ、本当に残念だ。あいつらを二人まとめて弄ぶのは、実に楽しかったのに）

琉思一人の時より火韻を巻き込んでからの方が、面白かった。抱く対象にはならなかったが、火韻はからかい甲斐《がい》があった。そしてもちろん、琉思の反応は最高だった。快感に身悶えしつつ、それを火韻に見られるのを恥じらう風情が、藍堂の嗜虐心と興奮を煽り立てた。他の美男美女を介入させるのが惜しい、自分一人で味わいたいと思うほどに、美味だった。

あの時間が、ずっと続いてほしかった。——そうすれば、自分も火韻や琉思と同じ、固い絆で結ばれていると錯覚できたであろうものを。

（奴らの故国が、帝国を裏切らなければ……いや、皇帝に、新しく男の赤子が生まれさえしなければな。俺が皇太子としての権力を、存分に振るえる状態だったら……）

夕食後の酒を飲みつつ、埒《らち》もない考えにふけっていた時だ。

藍堂の耳は、通路の先で響く剣戟《けんげき》の音をとらえた。ずっと遠くで、しかも扉越しだが、戦場で聞き慣れた音を間違えはしない。ただの騒音と、殺意を孕んだ金属音を区別できないようでは、無事に生き延びられない。

耳を澄ませると、荒い靴音や怒号までが聞こえてくる。今までにも、侵入した刺客を衛兵が見つけて騒ぎになったことはあったが、その程度の騒ぎとは明らかに違う。軍勢が押し寄せてきたのでなければ、こんな気配はしない。

藍堂は酒杯を置き、素早く立ち上がって長剣を帯びた。

その時、扉が乱暴に押し開けられ、護衛兵が前のめりに倒れ込んできた。

「皇太子……お、お逃げくださいっ！」

必死に顔を上げて叫ぶ兵士は、肩口を血で真っ赤に染めている。

「何事だ⁉」

「皇帝の直属軍が、皇太子をとらえに……おそらく、延氏の差し金……」

早すぎる。延氏が皇帝をせっついて動かすとしても、まだ一月ぐらいは余裕があるはずだと踏んでいたのに、どうしたのだろう。しかし理由を探るより、逃げるのが先だ。

藍堂は部屋を飛び出した。

（皇帝が命じたのなら、誰もあてにはならん。どうにかして厩《うまや》までたどり着かねば……‼）

しかし、間に合わなかった。

「こっちだ！　皇太……藍堂がいたぞーっ‼」

「反逆者だ、逃がすな！」

広い通路の先に、兵士の一団が現れた。行く手を遮られた。もと来た廊下を駆け戻ろうと振り向いたが、そちらからも自分を追ってくる足音が響いてくる。挟まれた。

これで、とらえたも同然と思ったのかもしれない。討伐部隊の隊長らしい髭面《ひげづら》が、勝ち誇った笑みを浮かべて、進み出てきた。

「元皇太子、藍堂！　皇帝陛下の御命令だ、反逆罪により貴様は廃嫡された！　もはや皇太子でもなんでもない‼　おとなしく縛につけ！」

反逆罪という言葉が、いやな予感を呼び起こす。尋問するというでたらめな言い訳で、火韻を牢から出したことが、ばれたのだろうか。しかしそれなら、まずは自分のもとに火韻がいるかどうか、確かめに来るはずだ。

「覚えがないな。反逆とはなんのことだ？」

「白々しいことを。狩りの供をしていた貴様の部下が、呂の王子とその従者の顔を見覚えていたのだ。狩りに向かう途中で、貴様がその二人を逃がしてやったと、皇帝陛下に注進があったわ」

愕然としたあと、藍堂は自分のうかつさに歯噛みした。自分の地位が揺らいでいるのは理解していたつもりだった。けれども配下が裏切って密告するとは、考えもしなかったのだ。

「王子と従者、どちらか一人だけなら他人の空似かもしれんが、二人揃っていた以上、言い逃れはきかんぞ。違うというなら、呂の王子をここへ出してみるがいい。貴様が牢から連れ出したことはわかっているのだ。……奴らをとらえれば、貴様の罪状はさらにはっきりする。恐れを知らぬ反逆者めが‼」

藍堂が皇太子として威勢を誇っていた頃には、揉み手をして意を迎えようとしていた男が、今は居丈高に罵ってくる。だがその態度を不快に思うよりも、べらべらと喋った言葉の内容が気になった。

(奴らをとらえれば、だと……?)

皇帝に密告した部下は、自分が火韻と琉思を逃がしたことだけではなく、あの二人がどこで一行と分かれ、どの方角へ向かったかも、喋ったのではないだろうか。

(しまった……火韻と琉思が危ない)

二人は徒歩だ。騎馬兵に追撃されたら、すぐに追いつかれてとらえられてしまう。部下の裏切りを計算に入れなかった自分の手抜かりだ。助けに行かなければならない。

しかし助けに行くどころか、今は自分が挟み撃ちにされて、捕縛されそうな状況だ。

(長剣一本で、囲みを破れるか……?)

腕に覚えはあるが、たった一人で戦うには敵の数が多すぎる。

だがぐずぐずしていれば、さらに兵士の数が増えるだろう。何か、敵の気を逸らすきっかけはないかと、周囲に視線をめぐらせた時だった。

「皇太子、お逃げください……‼」

うわずった叫び声に続いて、水をぶちまけるような音がした。兵士たちの後ろからだ。続いて、兵士たちの悲鳴が上がる。

その足元で、炎が躍っていた。

人垣を透かして、桶と手燭《てしょく》を持った女が見えた。彼女が床に油を撒き、火をつけたのだ。

「お逃げください！」

叫んで女が身をひるがえし、走り去る。紗で顔を隠していたけれど、声と体つきでわかった。自分の愛妾の一人だ。最近は、琉思と火韻で遊ぶことが多かったため、呼ばなくなったが、それ以前は気に入りで、毎晩のように夜伽をさせていた。

「逃がすな、その女をつかまえろ！」

「それより早く火を消せ‼」

人垣を作っていた兵士たちが、驚き慌てる。その隙を見逃す藍堂ではない。

「邪魔だ、どけっ！」

床を蹴って走った。長剣を閃かせ、道を塞ぐ兵士を切り払って、一気に囲みを突破する。

炎を飛び越え、廊下をひた走りつつ、思った。

（琉思の言った通りだった。俺が気づいていなかっただけだ。危険を冒して俺を助けてくれる者たちがいたんだ）

血まみれで、急を告げに来てくれた兵士。つかまって罪に問われるかもしれないのに、火をつけて注意を逸らし、助けてくれた女——彼らは己の身を危険に晒して、助けてくれたのだ。今までにもきっと、金では買えない忠義な行動をしてくれていたのだろう。だが自分は少しも気づいていなかった。自分が皇太子という地位にいるからこそ、皆がおべっかを使ってくるのだと思い込んで、一人一人の瞳の奥にあるものを見なかった。彼らの名前さえ覚えていない。

もし気づいていれば、その心情に対してふさわしい形で、報いることができたはずだった。けれど現実には、何もしなかった。周囲にいる者たちを、一人の人間としてではなく、衛兵、愛妾などと書かれた、薄い板きれのように考えていた。自分の愚かさに思い至り、頭を床に打ちつけたくなる。

今はただ、彼らが無事に逃げ延びてくれることを祈るしかできない。

向かうべき場所は、決まっている。

（琉思、火韻……無事でいろ！）

皇帝に密告した部下は、二人が向かった方角しか知らないはずだ。自分はもっと細かい道筋まで知っている。できるだけ人に見つからずに国境までたどり着けそうな経路を、自分が教えたのだ。

厩まで行き、自分の愛馬を駆ることができれば、どうにかなる。あの馬は速い。追っ手の軍勢を追い越し、彼らより先に琉思たちを見つけられる。

（俺の手抜かりだ。絶対に、あの二人をとらえさせてはならない……!!）

邪魔をする兵士を斬り伏せ、蹴り倒し、藍堂は厩にたどり着いた。馬番は、白刃の光を見ただけで泡を食って逃げた。

愛馬の栗毛は藍堂の顔を見て、「やっと来たのか」というように鼻を鳴らした。疳《かん》が強く、人を人とも思わない気性の荒さだが、藍堂が知る限り、どんな馬よりも速い。追っ手が来ないうちに、急いで厩から引き出す。

「お前でなければ城門は突破できない、頼んだぞ！」

鞍《くら》も置かず、裸馬にひらりと飛び乗った。

城門を抜け、都を脱出し、琉思と火韻が逃げているはずの山岳地帯に向かって、藍堂はひたすら馬を駆けさせた。日はとうに暮れたが、月明かりがある。

頼りにする栗毛は、疲れた様子も見せない。

（琉思たちが教えた通りの道をたどったのなら、この先で街道を外れて、森に入ったはずだが……ん？　なんだ、あの光は？）

前方に松明《たいまつ》の灯が見える。一つや二つではないし、多数の馬蹄《ばてい》の響きも聞き取れる。

(向こうから来るのだから追っ手ではないだろうが、用心に越したことはないな)

藍堂は急いで道脇の林に馬を乗り入れた。都を出たあと、追っ手を撒くために何度もこうして道を外れたので、馬はまたかというような顔をしている。藪陰《やぶかげ》に身を隠して、藍堂は近づいてくる一隊の様子を窺った。

現れたのは帝国軍の部隊だった。騎馬兵が十五、六、歩兵はその倍近くいるだろうか。夜風に乗って、話し声が流れてくる。

「……ではいったん砦《とりで》に戻るしかないな」

「森の夜は、山犬や熊が出て危険だ。他の隊と合流してもまだ、山狩りをするには人数が足りない」

「そうだな。明日、近隣の村から人数を駆り集めて、大規模な捜索をせねばなるまい」

「呂の王子は敏捷《びんしょう》で腕が立つそうだ。厄介な相手だぞ」

あたりが静かなので、距離があっても話し声はよく聞こえてくる。

藍堂はこっそりと、安堵の息を吐いた。森に逃れた琉思と火韻をとらえに向かった部隊らしい。しかし幸い火韻たちはまだ、囚われてはいない。

(明日、大規模な山狩りが行われる前に、二人を見つけ出さなければ。この馬なら二人は充分乗れる。あと一頭はどこかで手に入れて、一気に国境まで走ろう)

軍勢が充分に遠ざかってから、藍堂は藪陰を出た。

（しかし、隠れているものをどうやって捜すか……一か八かで、声をかけるか？）

火韻はともかく、琉思なら自分の声を聞き分けてくれるだろう。さっき通り過ぎた部隊の様子では、森の獣を恐れて、兵士は残っていないらしい。自分が大声で二人を呼んだところで、聞きつけられることはあるまい。

山犬などの獣が出たなら、斬り伏せて追い払うだけだ。

そう決めて森に入った。

「琉思、火韻！　俺だ、藍堂だ、いたら返事をしろ！　助けに来たぞ」

馬体が大きいため、あまり狭い場所には入っていけない。木々の間を縫って進みながら、声をかけた。どうかすると枝で頭を打ちそうになる。

「琉思！　火韻！」

進んでも進んでも、返事はない。遠くで何かの遠吠えが聞こえたり、小動物が下草をがさがさ言わせて走り抜けていくばかりだ。このあたりにはいないのだろうか。

（俺が教えた通りの道筋をたどるとは限らないしな。追っ手を避けようとして、まったく違う道を進んでいる可能性もあるんだが……）

中天にあった月が、徐々に西の空へ動いていく。夜明けまではあと二刻あるかどうか。

返事がないことに焦りを覚え始めた頃、馬が何かのにおいを嗅ぐような仕草を見せた。勝手に歩き始める。

「どこへ行く？　何か見つけたのか？」

　黙って乗っていろというような眼を藍堂に一瞬だけ向けたあと、栗毛馬は顔を前に戻して歩き続ける。偉そうな態度が腹立たしいけれど、この馬の勘働きには、戦場で何度か助けられている。感覚的には人間よりずっと優れた生き物なのかもしれない。おとなしく馬に任せてみた。

　栗毛は、切り立った崖《がけ》の前に来て足を止めた。

「ここか……って、崖下か？」

　声が曇るのが自分でもわかった。二人が飛び降りて死体になっている、などという結末はごめんだ。それでも確かめないわけにはいかない。

　馬から下りた藍堂は、崖の先に膝をつき、下を覗いた。月明かりに照らされた谷底に、人の姿はない。岩に叩きつけられた血まみれの死体を想像していた分、ほっとしたけれど、それならなぜ栗毛は自分をここへ連れてきたのだろう。

　その時、月明かりに何かが光った。潮焼けで色が変わってしまったという、火韻の髪だ。崖の途中の岩棚にうずくまっている。

「……火韻⁉　火韻だろう、生きているか！」

　呼びかけたら、金色の頭が揺れた。かすれた声が返ってくる。

「その、声……藍堂、か？」

「どうした、琉思はどこだ⁉　待っていろ、すぐ引き上げてやる！」

なんの支度もなしに王宮を飛び出してきたため、紐一本持ってはいない。藍堂は藤蔓《ふじづる》を切り取って作った綱を崖下に垂らした。

「体に結びつけろ。できるか、それとも怪我で手が動かないか？」

「上がる前に、答えろ！」

苦しげだが、怒りに満ちた声で火韻がどなる。

「追っ手がかかったのは、お前の仕業じゃないんだろうな⁉　逃がすふりをして恩を売っておいて、あとでまた捕縛して面白がるつもりだったのなら、オレは絶対に許さない！」

「馬鹿。俺も廃嫡されたうえ、反逆罪で投獄されかけて、都から逃げてきたところだ。……さっさと上がれ！」

崖の上に引き上げた火韻は、足をくじいていた。そのため一人では岩棚から動けなかったらしい。擦り傷だらけだが、他には大きな怪我はないようだ。

「琉思はどうしたんだ、はぐれたのか？」

火韻の顔が、今にも泣きそうに歪む。

「連れて、いかれた……」

「なんだと？」

「俺をここから突き落として、追っ手から隠して、自分が囮《おとり》になって……つかまって連れていかれたんだ!」

　張り詰めていた心が崩れたのか、地面に膝をついた火韻は、天を仰いで泣き出した。生意気で反抗的で邪魔な存在と思っていたが、こんな姿を見せられると、まだまだ子供っぽいと感じる。

(……子供っぽいんじゃない。まだ十八のガキなんだ)

　自分が十八歳の時には何をしていただろうか。よく覚えていないけれど、皇太子という自分の立場を脅かす者はいなかったから、自由気ままに振る舞っていたに違いない。初陣は十五歳、その後は連戦連勝で得意の絶頂にあった頃だ。

　従者ただ一人を連れて、他国に人質になった火韻の気持ちは、わからなかったし、火韻を守ろうとしていた琉思の気持ちもわからなかった。考えようともしなかった。

　泣き続ける火韻を、なだめたいような、励ましたいような気分になったのは初めてだ。しかし、どう声をかければいいのかわからない。琉思がいればきっと、うまく火韻を扱ったのだろうが——。

(そうだ。琉思はどうなったんだ?　今、連れていかれたと言ったが……)

　火韻の肩をつかんで揺さぶった。

「琉思はどこへ連れていかれた?　詳しく話せ。助けに行く」

「助け、に?　お前が……?」

「そうだ。琉思を助けに行く。お前と琉思を助けるために、俺はここへ来たんだ」

信じられないのか、火韻が丸く目を見開く。視線を逸らさずに見つめ返して頷いてみせると、火韻の目に新たな涙があふれ出した。

「……さ、最初は予定通りだったんだ。商人の服に着替えて、街道を……」

しゃくり上げながら、火韻が話し始めた。

——街道を進んでいく間はよかった。しかし渡るはずだった川の橋が流されて、通れなくなっていたことから、予定が狂い始めた。渡し船はなく、別の橋がある場所まで大回りするしかなくなった。それでなくても、初めての場所を、たびたび地図を見て照らし合わせながら進むのだから、時間がかかった。

その間に、追っ手の騎馬隊が迫ってきた。

気配に気づいた二人は、街道を外れて森の奥へ逃げた。

兵士たちは森の中まで追いかけてきた。もっと木々の密生した場所ならよかったのだが、この森は木の間隔が広く、下生えが短くて、馬でも走れる。そのうえ追っ手の数が多い。徐々に追い詰められるのが、耳でわかった。

そんな時、琉思がこの崖を見つけて言ったのだ。

『崖下へ下りましょう。ここなら馬は追ってこられません』

『大丈夫か？　俺は平気だけど、お前が……』

自分は平気だが、琉思は崖を下りることなど経験がないのではなかろうか。危ぶむ火韻に、琉思は微笑んだ。

『火韻様が先にうまく下りてくだされば、大丈夫です。なんとかなります』

『そうだな。どうしようもなかったら、お前は飛び降りろ。俺が下で受け止めるから』

命綱を近くの木に結びつけて、火韻が先に崖を下り始めた。だが途中で、上の方から騒がしい気配が聞こえてきた。追っ手が来たのかもしれない。急いで地面まで下りようと火韻は焦った。その時、

『申し訳ありません。火韻様、どうかご無事で』

決意を秘めた謝罪の言葉と同時に、命綱が切られた。地面まではあと二間、意識して飛び降りたならなんの問題もない高さだが、不意打ちだったうえ、着地した場所に不安定な丸石があった。

火韻は石を踏んで転んだ。左足首を捻ったようだが、構ってはいられない。跳ね起き、上に向かって叫ぶ。

『おい琉思っ、何してるんだ⁉』

さっきの言葉と口調でわかる。綱が切れたのは事故ではない。琉思がわざと切ったのだ。

自分一人を下に落として、どうしようというのか。

その時、崖の上から琉思の声が響いてきた。

『王子、お待ちを！　置いていかないでください、王子……‼』

置いていくも何も、お前が綱を切ったのに――と思ったが、琉思は火韻に向かって叫んだのではないらしい。崖の上から、追っ手の兵士たちの声が響いてきた。

『見ろ、逃げた王子の従者だぞ！』

『あいつを追え！　その先に王子がいるはずだ‼』

琉思は最初から、囮になるつもりだったのだ。そう気づいた時には遅かった。

『やめろ、琉思は違うんだ！　呂国の王子はここにいる！　琉思はただの従者で……』

必死に叫んだが、馬蹄の響きや風の音が火韻の声をかき消してしまうらしい。崖下に誰かが注意を向けてくる気配はなく、そのまま追っ手の声は遠ざかっていった。

焦った火韻は、今下りたというか、落ちたばかりの崖を再び登ろうとした。けれどもさっきくじいた足首が痛んで踏ん張れない。どうにか途中の岩棚まで登ったが、その時、上からとぎれとぎれの声が聞こえた。琉思がつかまったらしい。

助けに行くのが間に合わないと悟った瞬間、火韻の心が折れた。体力もとっくに限界に来ていた。岩棚にへたり込んだまま、火韻は気絶に近い形で意識を失った――。

「それでさっき、呼ぶ声がして、目が覚めたんだ。琉思は、オレを助けるために身代わりになって……」

哀しげに洟《はな》をすすり上げたあと、火韻は顔を上げ、藍堂をにらんだ。

「お前はなんだってここにいるんだよ？　供も連れずに」

「さっき言っただろう。俺が狩りを装ってお前たちを逃がしたことを、部下が皇帝に密告したんだ。俺をとらえに来た連中が、お前たちにも追っ手がかかったとベラベラ喋っていた。俺の部下の密告が原因だ。放っておくわけにはいかないと思って、ここへ来た」

「本当に？」

「嘘だと思うなら、王宮へ行って訊いてみろ」

「訊けるかっ！」

言い返してきたあと、火韻は真顔になって、深い溜息をついた。

「そうか……オレ、絶対お前の差し金だと思った。逃がすと見せかけて、安心したところへ追っ手を向かわせて、つかまえて面白がるとかさ」

「おい。せっかく牢から出してやったのに、疑い深いにもほどがあるぞ」

むっとした藍堂に、火韻は負けず劣らずのむくれた口調で言い返してきた。

「だって、最初の時がそうだったじゃないか」

「なんのことだ」

「琉思の様子がおかしかった理由だよ。言葉で教えればすむことなのに、勿体ぶってオレを寝所に呼んで、琉思とお前が……その、えっと……してるとこを、見せつけて。『声を出すなと注意してあったのに声を出したからだ』なんて言って笑ってたけど、お前、最初からオレにもヤラしいことをさせるつもりだっただろう」

火韻になじられると、返す言葉がない。

自分にとっては日常的なお遊びだったから、さっき火韻に指摘されてもすぐにはわからなかった。しかし童貞の火韻には、大きな衝撃だったらしい。これでは、『いったん逃がすふりをして、追っ手を差し向けた卑劣な犯人』と思うのも無理はない。

きまり悪さに視線を逸らして黙り込んでいると、火韻が言葉を継いだ。

「琉思は、『今の藍堂様が、そんなことをするとは思えません』って言ってたけどさ」

「なんだと？　もう一度言え」

「お前の立場が危うくなったって話、琉思に聞いた。何かきっかけがあればすぐに廃嫡されそうな状況だって。自業自得だって言ったら、叱られたよ。危険を冒して牢から逃がしてくれたのにって。……琉思はお前のことを信用してた。本当に、オレと琉思を助けようとしてくれてるって、そう言ってた」

琉思が自分を信じてくれていた――そう知らされただけで、胸の中を清冽《せいれつ》な水が流れていくような、すがすがしい心地になる。

なんとしても琉思を助けなければならない。藍堂は火韻に問いかけた。

「琉思がつかまった時の様子を覚えているか？　話し声が切れ切れに聞こえたと言っただろう。王子の従者として連れていかれたのか、それとももしや、呂の王子のふりをしてつかまったのか？」

「それはない。琉思が自分で、オレとはぐれた芝居をしてたし、追っ手の中にオレの顔を知ってる奴がいたみたいだ。『王子を捜せ、先に逃げたはずだ』って声がしてた」

「それなら琉思は、この近くの砦にいそうだな」

火韻の眼が輝いた。琉思はすでに都へ連れていかれたと思っていたらしい。それでもまだ藍堂を信じきれないらしく、声音に疑いを乗せて尋ねてくる。

「なぜわかるんだ」

「こう言ってはなんだが、身分の問題だ。追っ手にとって肝心なのは、呂の王子のお前だ。従者はせいぜい、おまけ程度の値打ちでしかない。従者だけを都へ連れていっても、それがどうしたと言われるだけで、手柄にはならない。ここへ来る途中ですれ違った兵団が、明日大規模な山狩りを行うと言っていたから、その時にお前をとらえて、二人まとめて都へ送るはずだ」

「で、でも……おまけ扱いだっていうなら、琉思は……殺されてるかも……」

今度は別の不安が湧いてきたらしい。わななく声で火韻が呟いた。

「いいや、普通の頭を持つ指揮官なら、琉思は殺さない。逃げた王子をとらえるために、予定していた行き先を聞き出そうとするだろう。もし何も喋らなくても、お前をおびき寄せる囮に使えるからな。殺されることは、ありえない」

説明を聞くうちに、火韻の顔が明るさを取り戻す。いちいち反応がはっきりしていて、面白いというか、

（……可愛いかもしれんな）

生意気盛りの子犬か子猫を見ている気分になる。

せっかく元気が出てきたのだから、また絶望に突き落とすのはやめておこうと思い、琉思が今どうなっているかの予想は、口に出さなかった。

（火韻が向かう予定だった場所を訊かれても、きっと琉思は喋るまい。そうなれば当然、拷問にかけられる）

藍堂はよく知っている。決意を固めた琉思のたたずまいは、男の嗜虐心を煽るのだ。『呂の王子の行方《ゆくえ》を聞き出す』という立派な名目がある以上、兵士たちは嬉々《きき》として琉思をいたぶるだろう。しかし今、そんな予測を話して聞かせても、何一ついいことはない。

「一番近い砦は、確か太常《たいじょう》だ。俺は今から琉思を助けに行く」

宣言したら、また火韻が目をみはった。

「ほんとに本気か？　お前が？」

「いい加減に信用しろ。これで琉思を助けなかったら、俺は何をしにここまで来たのかわからんだろうが。お前は足を痛めているんだから、安全な場所で待っていろ。琉思を助けたら、拾いに来てやる」

「うまいこと言って、オレを置き去りにして、琉思を連れ去るつもりじゃないのか」

「そんな面倒な真似をするくらいなら、最初からお前を牢に入れたまま放っておく。……最初の印象が悪かったのはわかるが、いい加減に俺への認識を改めろ。琉思は俺が助けるから、お前はおとなしく待っているんだ」

「ば、馬鹿言え！　オレも行く……いててっ‼」

詰め寄ろうとしたはずみに、くじいた足に体重がかかったらしい。火韻は足首を押さえて座り込んだ。

「そんな足でどうする気だ」

「ちょっとだけ待ってくれ、布で縛って固める！　がちがちに固めたら、歩け……いや、走れるようになるから！」

強情さに呆れて、藍堂は肩をすくめた。置き去りにしても、火韻はきっとあとを追ってくるだろう。それならいっそ、自分の目が届く範囲に置いておく方が安全だ。

「仕方がない、一緒に来い。その前に足首を固定しなきゃならんな。やり方はわかるか?」

「琉思がいつもやってくれてたから、だいたいは……」

ちょっと自信なげな声になる。してもらうばかりで、自分で巻いたことはないのだろう。

藍堂は火韻の前にしゃがみ込んだ。

「その上着を貸せ。麻布だから丈夫だ」

脱がせた服の袖を引きちぎり、細く裂いた。火韻の足首から踵《かかと》、足の甲まで、幾重にも固く巻きつける。火韻が呟いた。

「なんでやり方を知ってるんだよ。お前は皇太子なんだから、くじいた時に手当てしてくれる奴がいっぱいいいただろ？」

「いることはいた。だがお前のように、いつも一人だけに世話をされていたわけじゃない。一人一人、巻き加減が違うから苛々して、自分でできるように練習したんだ」

「……悔しいな」

「ん？」

ぽつりと漏れた火韻の声は、今にも泣き出しそうだ。

「オレ、この前斬りかかって負けたじゃん。牢から出られたのもお前のおかげだ。今はこうやって、捻挫《ねんざ》の手当てまでしてもらってさ。お前といたら、オレが役立たずのガキみたいな気分にさせられる」

「ガキはガキだ、七つも年上の俺に並ぼうとするな」

「だけど！　やっぱ悔しい。オレには、琉思がどこへ連れていかれたのかも、わからないんだ。オレ一人だったら、琉思を助けるどころか、いまだにあの岩棚で呻いてた。こんなの、ただのお荷物じゃないかよ……琉思がお前のことを、味方にすれば頼もしいって言ってたのも、当然かもしれない」

呻くように言い、うなだれて頭を抱える。自分には何もできないという無力感に、苛まれているらしい。

その姿が、声にあふれる苦しげな響きが、数刻前の己に重なる。傷を負い、危険を冒して自分を助けてくれた衛兵や愛妾に、真摯《しんし》に向き合うこともなく、何一つ報いていなかったことを思い知らされた時だ。あの時は、心がねじ切れそうに苦しかった。

火韻も今、同じ苦痛を味わっているのだろうか。

そう思ったら慰めてやりたくなった。

「ただのお荷物なら、琉思の行方を聞き出したあと、崖から蹴り落としている。お荷物じゃないから、わざわざ手当てをしてやったんだ。光栄に思え」

「……」

「琉思はお前がいなければ壊れてしまう。お前が投獄された時、危うく壊れかけた。この俺が寵愛してやっているのに、それではだめなんだそうだ。救出を約束したら、ようやく正気に戻ったぞ。わかったらいじけるな。悔しいのは、俺の方だ」

横目で藍堂の顔を見やり、火韻が尋ねてきた。

「もしかして、慰めてくれてんの?」

「なんだ、その言い方は。慰め以外のなんだというんだ。いいか、俺が他人の心情に気を配ってやることなど、めったにないんだぞ。もっと喜んだらどうだ」

「それで、その上目線かよ」

火韻は呆れたように天を仰いだ。その態度は気に入らないが、さっきのように打ちひしがれているよりはいい。

そう感じている自分に気づいて、不思議な気分になった。

（……ふむ。弟などという生き物がいたら、こんな感じなのか？）

現実の異母弟は、自分の地位どころか生命までも脅かす存在だ。顔さえ知らない。当然、世間一般でいう兄弟の情は感じない。だが今の火韻に対しては、反応が面白くて可愛らしいと思ったり、しょげている姿を見て励ましたくなったりする。

少なくとも、琉思を助けたいという目的は同じだ。力を合わせることはできるはずだ。

「足首はどうだ？　これで、走れるか」

「う……うん。普段より、少し遅くなるけど」

「普段と同じか、それ以上で走れ。そうでなければ琉思を助け出して、三人とも無事に逃げることは不可能だ」

「三人とも？」

「琉思を助けてもお前がいないと、結局奴は壊れてしまう。だからといって、俺は自分を犠牲にしてまで、お前たち二人を幸せにしてやろうなどという、慈善の気持ちは持ち合わせていないぞ。いいな？」

念を押す言葉に、火韻は黙って頷いた。ひるんだのかと一瞬は思ったが、固く引き結んだ唇と、闘志が燃える瞳を見れば、そうでないことはすぐわかった。

笑みがこぼれるのを自覚しつつ、藍堂は草を食《は》んでいる馬の方へ足を向けた。

「来い。馬で砦まで向かう。琉思がどこに閉じ込められているかわからん。状況を確かめてから、策を立てるぞ」

「わかった」

火韻が力強く頷く。

砦にどれほどの兵がいるかはわからないが、今のこいつとなら、手を組んでいい勝負がかけられる——そんな気がする。全身に、闘志と力がみなぎる気がして、藍堂は微笑した。

6

砦の地下牢に、濡れた卑猥な音と、呻き声が響いていた。

「……ん、ぐぅうっ！」

熱い液体が口中にあふれ出す。渋さと苦さが舌を刺す。琉思は呻いた。

口を犯していた牡が抜けた。飲み下せずに、白濁液をこぼす琉思の頬や顎に、粘る残滓をこすりつけてから、離れていく。

「顔中汁まみれだな。いい格好じゃないか」

嘲笑った男が琉思の髪をつかみ、斜め上を向かせる。

「どうだ、白状する気になったか？　火韻王子はどこへ逃げた？」

「うっ、く……あっ、あ、ぁあ！」

まともに言葉が出ない。背後の男が、緩急をつけて巧みに突き上げてくるせいだ。さらに肉茎をいじり回されて前と後ろ、両方からの快感が、神経を甘く灼《や》きながら、脳へ駆け上がる。

「王子とお前は、どこへ向かう予定になっていた？　言え」

「知らな、い……」

琉思は後ろ手に縛られ、その縄を梁《はり》に引っかけて吊るされていた。衣服はまとっているが、袴と下着は早々に脱がされたので、残っているのは上着だけだ。それも胸元を大きくはだけられ、裾《すそ》をめくり上げられたうえ、ずたずたに裂けたため、肌を隠す役には立たない。

その格好で、足を肩幅に開き、上体を倒して、上下の口を男たちに犯されている。もう何人に貫かれ、精液を浴びせられたのか、わからなかった。

最初のうちは背中を鞭で打たれて、尋問されていた。だがその様子を見物していた兵士の

一人が、

『こいつは、皇太子を……いや、元、皇太子か。体でたらし込んでいたそうだ』

と言い出してから、風向きが変わった。尋問役の兵士たちは琉思の顔を覗き込み、確かに美形だとか、そのへんの女よりそそるなどと口にして、淫靡《いんび》な笑いを顔に浮かべた。

それから『口を割らせるために、もっとも効果的な責め方をする』という名目で、輪姦《りんかん》が始まった。

口を割らせるも何も、ずっと口淫させられていたのでは、喋る暇さえない。一人が終わって引き抜いたあと、申し訳程度に火韻と藍堂の行方を問われるだけで、すぐ別の男が口に押し込んでくる。尋問役以外の、牢を守る衛兵や、琉思には誰ともわからない者までが、輪姦に加わり、あるいはにたにた笑って琉思の痴態を見物していた。

「終わったのなら早く代われ。あとがつかえているんだ」

さっき口に射精した男を、別の男が押しのけた。背後から突きまくられて、がくがく揺れる琉思の顔を、髪をつかんで引き上げ、覗き込む。

「つかまえた時は、どこのお貴族様かと思うような品のいい別嬪《べっぴん》さんだったが……口から白い涎を垂らしてちゃ、台なしだな。今の助平顔が本性か？」

男の言葉に、周囲から笑い声が上がる。

「まったく、金を払ってもヤりたくなる顔だぜ。……こいつ、夜はこっそり商売してたんじやないのか?」

「そうかもな。もう十人以上にヤられてるのに、まだまだいけるって顔してるぜ」

「ケツもよかったが、口もやわらかそうでいいな。しゃぶらせてみてえ」

「尻にぶち込んだのなら、もういいだろう。俺はまだどっちもヤってないんだ。……なあ、尻と口とどっちがいい味だった?」

「だからまだケツにしか入れてねえって……くそ、やっぱりしゃぶらせなきゃ気がすまん。明日、呂の王子がつかまったら一緒に都へ送るんだし、今夜中に楽しまなきゃな」

「あまりヤったら、壊れるんじゃないか?」

「なあに、王子ならともかく、こいつはただの従者だ。誰も気にするもんか」

聞こえてくる言葉と、蔑《さげす》み混じりの卑猥な視線が、琉思の心に突き刺さる。身分の低さもあってか、自分は完全に道具扱いだ。

「う、ぅっ……出る……出るぞっ!」

後孔を貫いていた男が、琉思の腰を引き寄せた。節くれ立った指で、尻肉を鷲《わし》づかみにされる。爪が食い込む痛みに、全身の筋肉がきゅうっと収縮した。

「うおっ、締まる……受け取れ、淫売っ!」

「……っ、あ、ぁ……」

琉思は呻いた。注ぎ込まれた熱い液が、粘膜を濡らし、体内に広がるのを感じる。これで、何人目だろう。

「ふぅう、出た出た。たまんねえな、熱くて、とろっとろにやわらかくて……おまけにさっきの締めつけときたら、最高だ」

言葉とともに、後孔を貫いていた牡が、ずるりと抜けていく。誰かの野次が飛んだ。

「なんだ、日頃から俺はうまいって自慢してたが、一人で腰を振ってただけじゃないか。そいつはまだイってないぞ」

「う、うるせえ。こいつはもう、三、四回出してるじゃねえか」

「よし、次は俺だ。イきまくらせてやる」

「その前にこいつ、仰向けにひっくり返そうぜ。その方がイったかどうかわかりやすい」

「そうだな、顔も見えやすくなるし。どうせもう、抵抗する気なんかないだろう。縄を解いて、手でもしごかせるか」

縄がほどかれ、誰かが運んできた細長い台に、琉思は仰向けに乗せられた。皆がそばへ寄ってきて、乳首をつまんだり、脚をつかまえて腰を持ち上げ、後孔を覗き込んだりする。

「へえ。淫売にしちゃ可愛らしい乳首だな。黒ずんでるのかと思ったら、桜色だ」

「おいおい、ケツ穴から白いのが流れ出てるじゃねえか。ちゃんと締めろよ、お漏らしは恥ずかしいぜぇ?」

息がかかるほど顔を近づけて眺められ、琉思の体が羞恥にほてった。犯されることには麻《ま》痺《ひ》してきたけれど、今の状態をわざわざ口に出して指摘されると、居たたまれない。

「やっ……ゆ、許して……言わないで、ください……」

「へっ、恥ずかしがる柄か。喜んで涎を垂らしてるくせに」

「あぁぁっ‼」

屹立している肉茎を強くつかまれ、琉思は悲鳴をあげて身をよじった。

喜んでなどいない。心の中には、見知らぬ男たちに見物されながら犯されることへの、嫌悪感しかない。けれど抱かれることに慣らされた体は、琉思の意志を受けつけない。後孔をえぐり上げられ、肉茎をしごかれると、勝手に昂ぶってしまう。

「ほら、くわえろ。大好物なんだろう」

横を向かされたと思うと、いきり立った牡を唇に押しつけられた。生臭いにおいが鼻を突き、ごわごわした陰毛が頬をこする。

こういう扱いをされることは覚悟していた。それでも、平気ではいられない。

(どうして、こんなことができる？　つかまえて、恥ずかしい格好にして、無理矢理犯したうえ、笑いものにして……物みたいに、壊すつもりで、いたぶるなんて)

思わずこぼれる涙さえ、男たちの侮蔑《ぶべつ》の対象にされてしまう。

「こいつ、よがり泣いてるぜ」

「大勢が見てる前でヤられて、喜んでるのかよ。根っからの淫乱だな」

「さっき出したくせに、またビンビンになってるじゃないか。こっちも触ってほしいか？」

「はぅっ！　あ、ぁ……」

勃っていることを指摘され、恥ずかしさでまた新たな涙がにじんだ。

（皇太子の時は、こんなふうに苦しくはならなかったのに……）

藍堂も自分を脅迫して犯した。

だが今思えば、品物扱いではなかったと思う。嗜虐的で傲慢ではあったけれど、手ひどい凌辱行為の奥底に、自分をいたわろうとする気配を感じた。他人に分けるのは惜しいから独り占めする、という言い方で他の人間を介入させず、二人きりの部屋に連れ込んだ。火韻が混じったあともそうだ。

今受けている輪姦とは、まったく違う。

初めて身をゆだねた夜、藍堂から『俺に任せて、従っていればいい』と言われて味わった安心感を思い出す。

（皇太子、どうかご無事で……）

森で捕縛されてここへ来る途中で、兵士たちの噂話を聞き、藍堂が反逆の罪で廃嫡されたことを知った。自分たちを逃がしたためだ。王宮から逃亡して行方をくらました藍堂をとらえるため、各地に早馬が飛ばされたという。己の身を危うくしてまで藍堂は、琉思の願いを聞き入れ、火韻を助けてくれたのだ。

（今となっては、皇太子のご恩に報いるすべはないけれど……お願いします、どうかご無事でお逃げください。火韻様も、どうかご無事で……）

他に思いつかず、乱暴なやり方で敵の目から逃れさせた。あの崖を綱も何もなしに登るのは、いくら火韻でも無理だろうから、その間に自分が敵を引きつければいいと思った。その策は成功したけれど、火韻に怪我はなかっただろうか。そして自分の願い通りに、遠くへ逃げてくれただろうか。

「……ちゃんとしゃぶれ、この野郎！」

過去を思う間に、舌づかいがおろそかになっていたらしい。口を犯す男が、琉思の髪と顎に手をかけたかと思うと、そのまま荒っぽく頭を揺する。

喉の奥を突かれて、琉思はむせた。苦しがって涙を流しても、手加減などしてもらえない。男は激しく琉思の頭を前後に動かし続けた。猛り立った牡に喉を塞がれ、息が苦しい。

「へへっ、くらえ……‼」

「う、ぐぅ……っ」

引き抜きざまに、熱い白濁を顔に浴びせられた。口元から頬へ、粘っこい液が糸を引いて流れ落ちる。

（いつになったら、終わるんだ……？）

終わらないのかもしれない。後孔を覗き込んでいた男は、琉思の両足を抱え込み、先走りで濡れた先端を双丘の谷間にこすりつけてくるし、いつの間にか両手に誰かの牡を握らされている。次に誰が口を犯すか、言い争っているのが聞こえてくる。

（でも、構わない……火韻様さえ、無事に逃げ延びてくだされば……）

しかしその時、通路の方から大声が響いてきた。

「逃げていた呂の王子をとらえました！　本物かどうか首実検をせよとの命令です、先にとらえた従者はどこですか⁉」

濁り、闇《やみ》に沈みかけていた琉思の意識が、一瞬で覚醒《かくせい》した。

（火韻様が、つかまった……⁉）

愕然とした。必死に首を捻り、声の方に目を向ける。

驚いたのは琉思一人ではない。輪姦に加わっていた男たちも、一様にうろたえる気配を見せた。尋問をそっちのけにして琉思を嬲っていたのだから、当然だ。皆慌てて、袴をはいたり、上着に袖を通したりし始めた。

「従者はそちらですか⁉　守備隊長が、こやつの顔を確認させろと……」

言いながら通路を歩いてきたのは、砦の守備兵だった。目深にかぶった兜《かぶと》になんの飾りもないところを見ると、平の兵士だろう。

そしてその大柄な兵に引っ立てられているのは、

（火韻様……‼）

間違いなかった。どのようにしてあの崖を登ったのだろうか、火韻が後ろ手に縛られて、兵士に縄尻を取られ、よろよろとこちらへ歩いてくる。

(そんな……火韻様が、つかまってしまうなんて。王子と認めてはだめだ。他人の空似と言い張って、釈放してもらうようにしなければ。ああ、でも、こんな淫らな姿を火韻様に見られてしまうのか……)

琉思の心は千々に乱れた。

自分を犯していた男の一人が、動揺を隠そうとしたのか、高圧的な口調で兵士に尋ねた。

「どうしたんだ、そいつは？　呂の王子だと？」

「はっ。つかまった従者を助け出そうとして、砦のまわりをうろついておりました。間違いがあってはならないので、まずは本物の王子かどうかを確認させてから、都に早馬を飛ばすそうです。その従者を早く房から出してください」

兵士の声は力強くてよく通る。聞き覚えがある。

(この声、それに、体つきも……まさか……？)

誰かが兵士に「これはまあ、その……ちょっとした退屈しのぎっていうか」、「そうだ、尋問の一環だ」などと、言い訳をしているのが聞こえた。兵士は頷いた。兜を深くかぶっていたが、にやりと笑った口元は見えた。

「野暮なことは言いませんよ。……あ、そうだ、そこの剣をちょっと貸してください。首実検に使います」

男の一人から長剣を借りると、兵士は火韻を通路の床に引き据えた。そのすぐ前に、長衣を羽織らされただけの琉思が連れ出される。下着も身につけず、顔にも体にも白濁液が粘りついたままだ。

(は、恥ずかしい……こんな、今まで何をされていたか、丸わかりの格好で……っ)

身を縮め、うつむいた。けれど兵士が——砦の守備兵に化けた藍堂がしゃがみ込み、琉思の顎に手をかけて仰向かせた。周囲には聞こえない程度の小声で、「恥じるな。お前は何も悪くない」と囁いてくる。言葉だけではないと示すように琉思が羽織っている着物を引っ張り、汚れた顔を拭《ぬぐ》ってくれた。

男たちの間から、不審そうな声が上がった。

「おい、何をしている？　なぜそいつの顔を拭くんだ？」

「必要なんです。理由は今からご説明します」

そう言って藍堂が立ち上がり、火韻に目を向けた。

「そろそろやるか？」

「当たり前だ、これ以上芝居なんかしてられるか！」

火韻がわめく。固く縛っているように見えた縄は、その瞬間、はらりと解けて床に落ちた。

藍堂は兜を放り投げた。

「なっ……皇太子⁉」

「ど、どういうことだ、王子をとらえたんじゃなかったのか⁉」

うろたえ騒ぐ男たちは、まだ状況を飲み込めていないらしい。その隙に、火韻が長剣を受け取り、藍堂は装備していた剣を抜く。

「お前ら、よくも琉思を……ぶっ殺してやる‼」

「手加減はしない、その命で償え！」

二人が男たちに斬りかかった。

琉思を肴《さかな》に淫らな楽しみにふけっていた男たちは、三十人以上いた。しかし皆、袴や下帯までも外していた。もちろん剣など身につけていない。置いていた剣を手に取る者はまだましな方で、大半は下半身をむき出しにしたまま、逃げ出そうとした。

その卑怯で見苦しい所業を、藍堂と火韻が許すはずもなかった。片っ端から斬り伏せた。

「逃げるな！　お前ら、切り落としてやる‼」

悪鬼の形相で、火韻は男たちを追い回す。一方藍堂は、異変を知らせに走ろうとする者や、火韻の取りこぼしを巧みに片づける。気は合わないにしても、息は合うらしい。二人一組の剣舞を思わせる、敏捷かつ華麗な動きだ。

藍堂はほどほどで戦闘を切り上げ、琉思を背負った。

「こ、皇太子……」

「藍堂でいい、もう皇太子ではないからな。いいか、しっかりつかまっていろ」

弱った琉思の腕では、しがみついていられないと思ったらしく、藍堂は紐を使って琉思を背中に固定した。まだ暴れ回っている火韻に声をかける。

「火韻、ほどほどにしろ」

「いやだ、この程度じゃまだ仕返しになってない！」

「騒ぎに気づかれて、上への階段を塞がれたら脱出できなくなる。琉思もいるんだぞ」

「畜生……わかったよ！　オレが先に行くから、絶対に琉思を落とすなよ！」

「当たり前だ。お前こそドジを踏むな」

三人は地下牢から飛び出した。

火韻が先に立ち、琉思を背負った藍堂があとに続く。行き会う守備兵を片っ端から斬り倒し、外へと向かった。戦闘騒ぎの中で誰かが燭台を倒したらしく、火の手が上がったおかげで、砦の中は大混乱になった。そのおかげか、ほぼ無傷で脱出できた。

砦のすぐ外には、藍堂の愛馬だという見事な栗毛馬が待っていた。琉思を背負った藍堂がその馬に乗り、火韻は砦の厩から引き出してきた馬にまたがる。

「よし、行くぞ！」

そこから先、琉思の記憶はとぎれている。助け出されたという安堵で、張り詰めていた気持ちがゆるみ、気を失ってしまったらしい。

意識を取り戻した時、目に映ったのは、すすけた藁葺《わらぶ》きの屋根と、心配そうに覗き込んでくる火韻の顔だ。自分は分厚く積んだ草の上に寝かされていた。

「大丈夫か、どこか痛むか？　腹は減ってないか？　いや、とりあえず水飲め。な？　熱があるから」

背中を支えられて助け起こされ、水の入った竹筒を口にあてがわれる。唇に水が触れた瞬間、今まで忘れていた渇きを意識し、琉思は喉を鳴らして水を飲んだ。火韻が琉思を再び寝かせながら、ほっとしたように溜息をついた。

「よかった。あのまま目を覚まさなかったら、どうしようかと思った」

「あのまま……」

琉思の顔がこわばった。頭の芯がすうっと冷たくなるのがわかる。跳ね起きて自分の顔や体に目を走らせ、髪や耳元に手を触れる。火韻が「急に起きるな」と制止しているが、気持ちが波立ってとても安穏と寝てはいられない。

（見られたんだ。あんな恥ずかしい、淫らな様子を……）

上下の口で男たちに奉仕した。嬲られているというのに、浅ましく反応して何度も達した。藍堂は気にするなと言ってくれたが、純真でまっすぐな火韻はどう思っているだろうか。精液まみれになっていた肌も髪も、綺麗になっている。意識を失っている間に拭い清められたらしい。それが逆に、恥ずかしくてたまらない。

「も……申し訳、ございません！」

こぼれた声は悲鳴に近い。布団代わりの草の上に、琉思は突っ伏した。居たたまれなくて、震えが止まらない。

「すみません、申し訳ありません、あんな……許してください……‼」

「え、え？　何、なんで？　何を謝って……いや、確かにオレ、琉思に怒ってることはあるけど、それ、今じゃなくていいから。ちょっと、落ち着けってば！」

火韻がうろたえきっていると、丸太小屋の戸が開く音がした。

「俺が留守の間に何をしているんだ、火韻。半病人をいじめてどうする」

藍堂の声だった。

「いじめてないっ！　気がついたから水を飲ませただけだ。そしたら琉思が急に、こんなふうにうずくまって謝り始めて……」

「ふん……なるほどな」

笑いを含んだ声で言ったあと、藍堂がそばにしゃがみ込む気配があった。肩をつかまれ、有無を言わさず引き起こされる。

「皇太子……す、すみません……」

「まったくお前は、些細なことばかり気にする」

涙に濡れた琉思の顔を眺めてにやりと笑い、腰につけた皮袋を探って丸薬を取り出し、藍堂自身の口に放り込んだ。そばの竹筒を取って水を口にふくみ、琉思の顎に手をかけて、唇を重ねる。

軽く背中を叩かれ、逆らうすべなどなく、琉思は口移しにされた丸薬を飲み下した。

「んぅ……っ」

茫然《ぼうぜん》と目を見開いていた火韻が、我に返ったようにどなり出す。

「こ、こらぁ、藍堂！　勝手に何をしてるんだ⁉　琉思は疲れきってるから、ゆっくり休ませるって話だったのに……‼」

「熱冷ましの薬を飲ませただけだ。……さて琉思、お前は何を謝っている？」

瞳を見据えて問いかけられ、琉思は言葉に詰まった。口で説明などできない。顔を背けたいけれど、顎をつかまえられて、目を逸らすのが精一杯だ。

「言えないか。どうせお前のことだ、砦で捕虜になって輪姦されたのを恥じているんだろう。それも、犯されただけでなく反応してしまった自分が許せないとか、そういうことではないのか？」

見事に言い当てられ、恥ずかしさに今度は全身が熱くほてる。おろおろして二人の顔を覗き込んでいた火韻が、驚きの声をあげた。

「なんで⁉　そんなの、琉思は何も悪くないじゃないか！」

「その通りだ。それに多分、どれほど責められてもお前の居場所は喋らなかったはずだ。だから何も、恥じることなどないんだがな。……さあ、琉思の言い分を聞こうか」

視線を合わせずにいても、藍堂の眼力は凄まじい。声音が、余裕たっぷりという雰囲気の笑いを含んでいるから、余計に逆らいづらい。

琉思は視線を伏せて白状した。

「皇太子の仰る通りです。ご覧になったのですからおわかりでしょう、ただ犯されただけでなく、私は浅ましく反応してしまいました。舌を嚙んで自決するわけでも、敵兵に嚙みつくわけでもなく……何度も何度も……」

く、と火韻が喉を鳴らすのが聞こえた。しかし藍堂は落ち着き払ったままだ。

「お前が自決するか、抵抗して殺されるかしていたら、暇になった砦の守備兵は、まだ行方不明の呂の王子を捜しに出ただろう。……お前が奴らを油断させたから、俺と火韻はうまく馬を盗み出し、守備兵の装備を奪って、中へ侵入することができた。いいか、それは恥ではない。お前の功績だ」

「し、しかし……火韻様は、怒っていらして」

「こら待て！　オレが怒ってるのはそのことじゃない！」

火韻が割り込んできた。藍堂を押しのけ、琉思の胸ぐらをつかんで、唾がかかりそうなほど顔を近づけ、瞳を潤ませてまくしたてる。

「オレが怒ってるのは、お前がオレを崖下に落としたことだ！」

「す、すみません。お怪我をさせるつもりはなかったんです」

火韻の足首に固く巻かれた布を見て、怪我をしたのだろうと気がついた。そういえば、走り方や、剣を振るう時の足捌《あしさば》きが、普段よりほんの少し遅かった。逃亡中なのに、自分の勝手な行動で足を痛めたのだから怒るのも無理はない、そう思ったのだが、

「馬鹿野郎っ！」

次の瞬間、頬に強い衝撃を感じた。

火韻が、瞳に涙を浮かべて琉思をにらんでいる。その表情と、頬の熱くしびれるような痛みで、琉思は理解した。火韻にひっぱたかれたのだ。

「そんなことを言ってるんじゃない！　オレは、お前がなんの相談もなく、一人で勝手に囮になったから、怒ってるんだ！　馬鹿、琉思の大馬鹿野郎‼」

やんちゃで腕白な火韻だけれど、自分に暴力を振るったことは、今まで一度もない。高宝王子を叩きのめしたのはもちろんのこと、子供の頃には、礼法の教師に毛虫をくっつけたり、口うるさい女官長の部屋にガマガエルを放り込んだりと、悪戯三昧《ざんまい》だったけれど、琉思に対しては一度もそんな真似をしなかった。それどころか、

『琉思は綺麗で、みんなに意地悪されやすいからな。オレが守ってやる』

と、しばしば口に出したほどだ。

その火韻が、自分をひっぱたいた。

茫然としている琉思に向かい、火韻はぼろぼろ涙をこぼしながら言った。

「お前が死んじゃったら、オレ、助かっても嬉しくなんかない。お前を身代わりにして一人で生き延びたいなんて、一度も思ったことない。……一人で決めるなよ！　もしお前が死んでたら、オレがその先、どんな気持ちで生きてくことになったと思うんだよ⁉」

「火韻様……」

「勝手だよ、琉思は。藍堂の時もそうだったじゃないか。勝手に、オレにはなんの相談もなく、奴隷になって……」

「その件を今、蒸し返すことはないだろう」

藍堂が後ろでぶつぶつ言ったが、火韻は耳を貸さない。涙目で琉思をにらみ続けた。

返す言葉はない。あの時は、火韻の命を守ることが大事だと思ったのだが、今思えば、主の心をひどく傷つける行動だった。

「本当に、申し訳ありません。火韻様を傷つけるとは思いもよらず……」

詫びる声が震えた。座り直して深々と頭を下げると、くらっとして前につんのめってしまう。火韻が慌てて手を伸ばし、支えてきた。

「あっ、いや、あの、言いすぎた！　責めるつもりじゃなくて、オレはその、もう二度とやっちゃだめだって言うつもりで……顔を上げてくれよ。もういいから、怒ってないから！

それによく考えたらオレ、お前に怒れる立場じゃなかった。オレもお前に、謝らなきゃならないことがあったんだ」

「え……？」

「オレさ、牢に入れられてる時に、お前のことをちょっと疑ったんだ。藍堂と示し合わせて、邪魔者のオレを消そうとしたんじゃないかって」

「火韻様！　私は決してそんな……‼」

「わかってる、オレの邪推だ。どうかしてたんだ。ごめん！」

琉思に負けず劣らず深々と頭を下げたあとで、顔を上げ、ニカッと笑った。

「これで、おあいこだよな？　元通りだぞ、琉思。いいな？」

「は、はい。かしこまりました」

火韻の勢いに押されて、琉思は頷いた。

いつもこうだ。何か諍《いさか》いがあっても、最終的には火韻の明るい笑顔で押し切られてしまう。いや、救われるというべきか。

押しのけられていた藍堂が、拗ねた口調で呟いた。

「お前ら、なんなんだ。何をいちゃついている。……羨ましがらせるな、くそ」

「あ……すみません」

琉思は詫びたが、火韻はざまあみろと言わんばかりの顔つきで、舌を出した。藍堂も大人げなくあかんべえを返す。琉思は慌てて、別の話題を持ち出した。

「お伺いしてよろしいでしょうか、皇太子」

「もう皇太子じゃない。廃嫡された」

「では、やはり本当のことだったのですね。兵士たちが噂しておりました。私と火韻様を逃がしてくださったために、反逆の罪を着せられたと……申し訳ありません」

火韻は、琉思より先に藍堂から事情を聞いていたらしい。二人で代わる代わる、藍堂が廃嫡され、火韻とともに砦へ助けに来るまでの事情を話してくれた。

「私のために、そんな危険なことを……なんとお礼を申し上げていいか」

「好きでやったことだ、気にするな。お前たちの一件がなくても、皇帝は俺を廃嫡する気でいたんだ。少し早まっただけだ」

そう言って微笑する藍堂の顔に、悔いの気配はない。

「ともかく追いつけてよかった。俺に部下を見る目がなかったために、お前たちが危険な目に遭ってしまった。火韻の捻挫が治るまでは、責任を持ってお前たちを守ってやる」

「えっ？」

琉思の口から当惑の声が漏れた。自分だけではなく、火韻も意外そうに目をみはっている。

二人の驚きをどう解釈したのか、藍堂は「ああそうか」と呟いて、火韻を見た。

「捻挫をほったらかしにしていたな。火韻、足を出せ。薬を塗ってやる」

「薬なんか持ってたっけ？」

「砦の中で見つけた。ついでだから、金目の物と食料ももらってきたぞ」

「もらって、って……思いっきり泥棒じゃんか、皇太子のやることかよ！」

「すでに皇太子ではない。役立つ物を見つけたら迷わず手に入れておくのは、戦時の基本だ。さっさと足を出さないか。この俺が手当てしてやると言っているんだぞ」

「皇太子じゃないとか言いながら偉そうだな、おい」

ぶつぶつ言いながらも、火韻は挫《くじ》いた足首に薬を塗ってもらっている。その姿を見守りながら、琉思は思った。

（火韻様は、皇太子を嫌っていらしたと思ったけれど……そうでもないんだろうか。そう言えば砦の中で戦っている時、息がぴったり合っているように見えた）

火韻の気持ちがわからない以上、従者の自分が差し出がましいことは言えないが、疑問に思ったことを尋ねるぐらいは構わないだろう。藍堂に向かって問いかけた。

「先ほど、『捻挫が治るまで』と仰いましたが、そのあとはどうなさるおつもりです？」

「まだ決めてはいないが、帝国を出ることだけは決めている。反逆者としてずっと追われ続けるのは、鬱陶しいからな。かといって、帝国と対立している孟を頼るのも気が進まん。いかにも落ちぶれた者がたどる道のようではないか」

「そんなことは……」

「第一、俺は寒いのが嫌いだ。だから北方の孟へは行かん。砂漠を越えて西域を目指すか、それとも、東へ進んで海を渡るか……どちらかだな。お前たちはどうするんだ?」

「私は、火韻様のお供をするだけです」

　藍堂が小さく笑う。

「そうだろうな。……火韻、琉思をしっかり守れよ。すぐ頭に血が上るところを直して、大人になれ。お前は、俺には遠く及ばないにしても、そこそこ強いのだから」

「なんか引っかかる言い方だな。褒めるならもっと、きちっと褒めろよ」

「きちっと褒められるように、もっと精進しろ。この先はお前が一人で琉思を……」

「あー、えっと……その説教、ちょっと待った」

　包帯を結びながら言う藍堂の言葉を、火韻が遮った。口の中の言葉を発していいものかどうか、迷うような表情で、琉思を見る。火韻も自分と同じことを考えているらしいと気づき、琉思の胸が高鳴る。瞳で微笑みかけると、火韻はほっとしたように頷き、口を開いた。

「なんで、別行動なんだよ?」

「ん?」

「ていうか、オレ、足痛めてるしさ。治るまで何日かかるかわからないし。治ってもオレの背丈じゃ、いざって時に琉思を背負って走れないし……」

　最初は藍堂の方を見ていたが、照れくさくなったのか、途中で視線を逸らしてしまった。頬が赤らんでいるのは、照れているせいだろうか。それでも言葉を止めることはない。

「オレも北方へ行く気はないんだ。孟はクソボケ野郎の高宝と手を結んでるから、オレが行っても、あまりいい結果にならないと思うんだよな。だから、西か、東か……それなら同じ方向へ行ってもいいだろ。捻挫が治っても、オレ一人よりはお前も一緒にいる方が、確実に琉思を守れる」

「……一緒で、いいというのか？」

大きく見開かれた藍堂の瞳に、驚きと、そして喜びの色がにじみ出す。照れが増したか、火韻がさらに頬を赤らめてどなった。

「何度も言わせんなよ、耳悪いのかよ⁉」

「いや、しかしお前は……俺を嫌っていると思っていたが、違ったのか？」

「嫌いだよ、当たり前だろ！　お前ときたら皇太子の時も偉そうだったし、皇太子でなくなっても偉そうだし、いつでも頭ごなしで、人のことをすぐからかって、好かれるとでも思ってんのか？　剣の腕とか戦略とか、今は負けてるけど、オレがお前の年になったら絶対追いつくんだからな」

「話がずれているぞ、火韻。負けを素直に認められるようになったのは、進歩だが」

「負けって言うな、すぐ追いつく！　背だってもっと伸びるし、肩幅も……いや、まあ、それは置いとく。お前、皇太子の地位が危なくなるのがわかってて、オレと琉思を助けに来ただろ。だから、以前のことは、水に流してやってもいいかなって……」

語尾が曖昧《あいまい》に消える。また、照れているらしい。

火韻に対してはまだ返事をせず、藍堂は琉思に目を向けた。

「お前はいいのか？　俺はお前を権力ずくで犯し、それだけでは満足できずに火韻と番わせた。憎くはないのか」

琉思は微笑した。

「最初は……そして、火韻様を巻き込んでしまわれた時は、お恨みしました。皇太……藍堂様は、どうしてこのような真似をなさるのかと、悩みました。けれどそのうち、藍堂様はお寂しいのだと気がつきました」

「その言い方はないだろう。俺の方が年上なのに、子供扱いする気か」

「ご無礼、お許しを。……なれど、そう見えます」

藍堂がフンと鼻を鳴らすのを見て、火韻はにやにや笑っている。自分が藍堂に言い込められたため、気分がいいらしい。むっとした様子の藍堂と、「笑うな」、「別にぃ」、「いや、笑っている」と言い合う様子は、兄弟喧嘩のように見えた。意外とこの二人は、相性がいいのかもしれない。

琉思は二人に等分に微笑を向け、言葉を継いだ。

「三人で一緒にいられるなら、私にとってこれ以上の幸福はありません。火韻様がいらっしゃらなければ、生きていけません。そして藍堂様は、弱い私が崩れそうになった時、乱暴なやり方ではありますが、重荷をすべて引き受けてくださいます。それでいて、どこかお寂しそうでもあり……私にとってはお二人とも、このうえなく大事な方です。どうか、一緒にいらしてください」

「そうか……いいのか」

正直な気持ちを口に出すと、藍堂がうつむいて、小さく呟いた。

「一緒に行きたいと思っていたが、最初にお前たちを傷つけたことを思うと、とても言い出せなかった。今更俺が、お前たちの仲間には入れるとも思えなかったしな」

「藍堂様……」

「最初は単に、琉思の美貌に惹かれた。なにしろ、後宮の美姫が束になってかかっても勝てないほどの、美形だからな。だが、琉思一人では心が満たされなかった。俺は、お前と火韻との結びつきの強さに惹かれていたらしい。だから二人まとめて支配したつもりだったが、体ではだめだった。第一、本当は支配したいわけではなかった。俺にもお前たちのような、心と心の深い結びつきがほしかったんだ。……一緒に行って、構わないのだな?」

顔を上げて念を押した藍堂に、火韻が言い返した。

「連れてってやるよ、ありがたく思え」

今まで何度も藍堂が使っていた台詞だ。してやったりと言わんばかりの表情に、藍堂が苦笑する。

「ここぞとばかりに言うな」

「お前と同じことをしただけだ。言っておくけど、皇太子の時のお前はものすごくイヤな奴だったぞ。今だって、ちょっとマシになったたっていう程度だ」

「ほう、そうか。お前はまったく進歩がないな。実力もないのに生意気な口を叩いて」

まるで兄弟喧嘩だと、琉思は微笑ましい気分になった。やはりこの二人は息が合う。しかし、止めないといつまでも続きそうだ。

「あの、そろそろ休んだ方がいいのではありませんか？　まだ安全な場所まで逃げ延びたわけではありませんし」

口を挟むと、藍堂が笑顔を向けてきた。

「それもそうだな。だが、寝る前にお前の傷の手当てをしないと。さっきはよく眠っていたので、体を拭くだけにとどめておいたんだ。今持っている薬は傷にしみるから、眠りを覚ましてしまう。……ああ、そうだ。熱は引いたか？」

そう言うと藍堂は琉思の顎に手をかけ、素早く唇を重ねた。

「あーっ！　お前はまた……一緒に行くことに決まったからって、調子に乗るな‼」

大声でわめいた火韻が、二人の肩をつかんで引き離す。藍堂は悪びれない。

「熱を測ったんだ」

「そういうのは、額で測るもんだろ！」

「口の中の方が、熱さがはっきりわかるという説もあるぞ。さっきの熱冷ましが効いてきたようだが、全身に打ち身や擦り傷ができていただろう。薬を塗るから、脱げ」

「え」

「こら、藍堂、やらしいぞ！」

「馬鹿なことを言うな。傷薬を塗るだけだ。お前も手伝え。ほら、琉思。早くしないか」

急かされた琉思はやむなく長衣を脱いで、積み上げた草の上に横たわった。牢から出る時に身につけていたのは長衣一枚きりで下着も何もないから、これを脱ぐと全裸だ。恥ずかしいけれど、傷の手当てといわれては逆らえない。

「これはひどいな。傷だらけだ。火韻、お前は上半身に塗ってやれ」

「なんでお前が決めるんだ？」

「あの、上半身は自分でできますから……」

「いいから黙って寝ていろ、琉思」

「そうだ、寝てろ。畜生、琉思の綺麗な額に擦り傷なんかつけやがって。あいつら、もっと痛めつけてやればよかった。大丈夫か、しみないか？」

火韻が左手で琉思の頬をそっと押さえ、右手で優しく塗り薬を傷にすり込む。頬に当たっている手の感触も、至近距離で見つめてくる明るい色の瞳も、琉思の心を震わせる。囮となって囚われた時、もう二度と火韻には会えないと覚悟したから、今こうして触れられていることが、限りない幸福感を生み出す。

「ほんの少し、しみます」

以前なら、どんなに痛くても遠慮して平気なふりをしただろうが、火韻に甘えたい気持ちが湧き出して、正直にしみると答えた。火韻がうろたえた表情で自分を案じてくれるのが、嬉しくてたまらない。しかし、

「こっちはどうだ、しみるか?」

「ひぁ⁉」

膝の傷に薬を塗ってくれていた藍堂が、不意打ちで内腿を撫で上げた。傷も何もない場所だけに、こんな真似をされると、くすぐったさで背筋がぞくぞくする。しかも腿を撫で上げた手は、そのまま上にすべって腿の付け根へ到達し、薄い恥毛を分けて、力なく横たわっている琉思の肉茎を軽くつついた。

「あっ……そ、そこには、傷はないですから……」

「一見傷がないようでも、実は打ち身ができていることがある」

「こらっ、藍堂!　やっぱり、やらしいことをする気満々じゃないか!」

「俺は単に、傷の有無を確かめているだけだ。ここを縛られたりはしなかったんだな?」

「は、はい」

「そうか……ここはしみるだろうが、我慢しろ」

「ひぅっ！」

片脚を曲げられ、後孔に冷たい軟膏《なんこう》を塗りつけられた。さんざん犯されたから、きっと腫れ上がっているだろうし、もしかしたら切れているかもしれない。そこへ薬を塗られたから、予告通りにひどくしみた。火韻が藍堂に向かってどなった。

「おい！　琉思をいじめるのなら、一緒に行く話は撤回だからな！」

「いじめているわけじゃない。一番ひどく傷ついている場所だ。手当てしないわけにはいかないだろう。この薬は、塗った時はしみるが、痛みも腫れも一晩でぐっと楽になる」

「だけど……っ」

まだ不満げな火韻に向かい、藍堂がつけ足した。

「お前も、琉思の傷ついた場所に塗ってやればいい。あの連中にいたぶられた場所があるだろう。その薬は、口の中の傷にも使えるからな」

「！」

「薬を乗せた指を琉思の口に突っ込もうなんて、野暮な真似はするなよ？」

念を押されて、火韻が真っ赤になる。

「で、でも、そういうのってさ、琉思がどう思うか……」

手当てと愛撫のぎりぎりを楽しむ藍堂のような図太さは、火韻にはない。しかしさっき藍堂が自分に口づけをしたのを見ているだけに、対抗したい気持ちはあるらしい。助けるつも

りで、琉思は上体を起こし、火韻に呼びかけた。

「お願いします、火韻様。……おいやでなければ」

「何言ってるんだよ、いやなわけないって！」

火韻が慌てふためいた。それでも藍堂に野暮と笑われたくはなかったのだろう、口移しで薬を琉思の唇に塗ろうと思ったのか、軟膏を乗せた指を、自分の口に突っ込んだ。そして次の瞬間、

「……にがぁあああ！」

涙目で絶叫した。藍堂が腹を抱えて笑い出す。

「口の傷にも使えるとは言ったが、苦くないなどとは一言も言わなかったぞ、俺は」

「こ、こ、この野郎……‼」

「火韻様、落ち着いてください、ともかく水を……藍堂様も、悪戯が過ぎます！　喧嘩はやめてください、お願いですから！」

逃亡生活の始まりとは思えないような、騒々しい夜が更けていった。


ぎぃ……ぎぃ……と、遠い櫓《ろ》の軋《きし》みが、壁や床を伝わって響いてくる。

それを圧して部屋に響くのは、荒い呼吸音と、濡れた肉の音だ。狭い寝台の上で、三人は

肌を重ねていた。

「あっ……は、ぁ……だめ、です、火韻様……そんなに、なさった、ら……ぁっ」

「だめか？　船の揺れと重なって、気持ちいいだろ？」

言いながら火韻が、背後から琉思を貫いた牡を、ゆっくりと円を描くように動かす。同時に耳をしゃぶり、うなじに口づけの雨を降らせる。

「はぅんっ……‼」

「好きだ、琉思……大好きだよ」

耳元に熱く囁かれ、なすすべもなく琉思はただ首を振った。その頬を舌先で軽く舐めるのは、藍堂だ。

「感じているのは、火韻のせいじゃないだろう？　俺とこうして、すり合わせているからじゃないのか？」

「ひぁっ⁉　あ……もう……もう、許し、て……」

前にいる藍堂は、琉思の肉茎と自分自身の牡を一まとめにして握り、しごき立てていた。熱さと硬さが直接伝わってくる。藍堂の牡がびくびくと震えるたび、琉思の肉茎もその刺激で硬さを増した。

「正直に言え。気持ちいいんだろう。……ここか、こっちとか」

「あっ、あうぅ‼」

尿道口に指先を当てて、くりくりと動かされ、琉思は悲鳴をあげた。痛いのに、腰はひくつき、口はだらしなく半開きになって、唾液と甘い喘ぎをこぼしてしまう。

それだけでなく、汗まみれの胸を密着させて動かされる。すでに硬く尖っている琉思の乳首が、逞しい胸板で押しつぶされる。藍堂の勃ち上がった乳首を当ててこすられると、甘いしびれが何度も何度も、胸から脳へと走り抜ける。

「やっ、ぁあ……ん、くぅ……」

「藍堂に気を遣うな、琉思。……言えよ、こっちの方がいいって」

背後から火韻が囁き、後孔を責める牡の動きを速めた。しかも内部の敏感なしこりを、こするように動かしてくる。さっきまでは琉思を焦らすつもりか、時々当てる程度だったのに、立て続けにこすってくる。

さらに、耳たぶをしゃぶるのをやめ、耳孔を犯すように舌を抜き差しし始めた。

「はぅっ⁉ やっ、耳は、ぁ……」

二人は競い合って、琉思をより強く感じさせようとする。挟まれて前後からこんなふうにされたら、快感に我を忘れてよがり泣くしかない。

琉思たちがいるのは、海を渡る船の中だ。

追っ手をやり過ごし、時には戦って囲みを突破し——無事、港にたどり着いた三人は、交易船に乗り込んだ。兄弟という触れ込みで船に乗った三人を見て、船長が『全員、顔が似てないな』と言っていたが、藍堂が『全員母親が違う』と、言い抜けた。船賃として、藍堂が身につけていた翡翠《ひすい》を渡していたが、他にも珊瑚《さんご》玉か何かを船長に握らせていたようだ。それが功を奏したらしく、『上の弟は病弱で船酔いしやすく、すぐ吐くから』という理由づけで、雑魚寝《ざこね》ではなく三人だけ別部屋に入れてもらえた。

船は南方の国を回って交易品を積み込んでから、東方の島国へ行くという。どこか、気に入った国で船を下りて、新しい暮らしを始めようと三人で決めた。

そして毎夜、交歓が続いている。

(ちょっと、疲れるけど……)

火韻も藍堂も、琉思を挟んでの行為を楽しんでいるけれど、二人が直接肌を合わせる気はないらしい。一度尋ねてみたら、

『何が哀しくて、こいつなんかと』

と、声を揃えて否定された。自分がいないと成立しない関係らしい。

他人からは、淫らで常軌を逸した関係と罵られるかもしれない。けれどこうして三人で一緒にいると、自分の心が満たされる。火韻と藍堂、二人のどちらが欠けてもだめなのだ。そして琉思自身も、二人から愛されていることをよくわかっている。

「……琉、思……オレ、もうっ……!!」

背後から責めている火韻が、荒い息とともに、うわずった声を絞り出した。前後から責め

られている琉思は、とっくに限界だ。藍堂に指で締めつけられていなかったら、耐えきれずに放っていたに違いない。

くすっと笑って、藍堂が囁いた。

「火韻にしては、よく頑張った方だな。……出したいか、琉思?」

「お、お願い、です……一緒、に……あっ、ぁあ! 意地悪、しない、で……っ」

「わかっ、た……出すぞっ……‼」

「ぅ……くぅっ!」

火韻の熱を、中に注ぎ込まれる。ほぼ同時に、体内でたぎり立っていた熱が、勢いよくほとばしり出る。自分と藍堂、両方の熱が、混じり合って汗まみれの肌に粘りついた。

誰よりも愛する二人から、自分は愛されている。これからずっと、この幸福で満ち足りた日々が続くのだ。

愛おしい男たちに身をゆだね、琉思は夢心地で余韻に浸った。

あとがき

こんにちは、矢城米花です。『金蘭之契』を手に取ってくださって、ありがとうございます。

このところ、今まで書いたことのないテーマを書きたいという気持ちが強くて、遊郭やら、TLやら、いろいろやってます。今回は、3Pに挑戦してみました。攻二人、受一人で、触手はなしです。モブによる輪○は入ってます。

今更なんですが、私の書く受は、外見や性格がどんなに儚げであっても、基本的に丈夫です。二人の攻を一人で受け止めても、多少疲れる程度で、切れたり裂けたり寝込んだりすることもなく、なんとかなっちゃいますからね。

この先、彼らは兄弟という触れ込みで、ずっと一緒に暮らしていきます。藍堂と火韻は「自分の方が琉思を大事にしている」というライバル意識があるので、競って琉思をいたわることでしょう。……うまくいくかどうかは別として。

藍堂は大抵のことはそつなくこなしそうですし、失敗しそうな料理や繕い物には手を出さないでしょうが、火韻はそうはいきません。琉思大好き、藍堂に負けたくないという気持ちが先走りすぎて、失敗する様子が目に浮かびます。琉思の代わりに食事を作ろうとして、べっちゃべちゃのご飯や、魚の形の炭をこしらえ、ものすごく落ち込んだりとか。それを琉思が「気持ちが嬉しい」と慰め、浮上しかけたところを藍堂が挑発して喧嘩になり……最終的には琉思に二人揃って叱られますね。

そして夜は、仲直りの３Ｐ。一箇所に長くは定住せず、旅に出たりもするんじゃないでしょうか。道中の様子を考えると、なかなか楽しそうです。

天野ちぎり先生、ありがとうございました。表紙の、悪い笑みを浮かべた藍堂、やんちゃな火韻、そして二人に挟まれて当惑困惑の琉思、みんな素敵で、たまりません。

そして担当Ｓ様や刊行に際してご尽力いただいた皆様に、深くお礼申し上げます。

何よりもこの本を読んでくださった貴方に、心からの感謝を送ります。またお会いできることを、心から願っています。

矢城米花　拝

矢城米花先生、天野ちぎり先生へのお便り、
本作品に関するご意見、ご感想などは
〒101-8405
東京都千代田区三崎町2-18-11
二見書房　シャレード文庫
「金蘭之契〜皇子と王子に愛されて〜」係まで。

本作品は書き下ろしです

CHARADE BUNKO

金《きん》蘭《らん》之《の》契《ちぎり》〜皇子《おうじ》と王子《おうじ》に愛《あい》されて〜

【著者】矢城米花《やしろよねか》

【発行所】株式会社二見書房
東京都千代田区三崎町2-18-11
電話　03(3515)2311[営業]
　　　03(3515)2314[編集]
振替　00170-4-2639
【印刷】株式会社堀内印刷所
【製本】ナショナル製本協同組合

落丁・乱丁本はお取り替えいたします。
定価は、カバーに表示してあります。

ISBN978-4-576-13186-3

http://charade.futami.co.jp/